長編小説

おうちでハーレム

葉月奏太

竹書房文庫

目次

※この作品は竹書房文庫のために
書き下ろされたものです。

第一章　家に行っていい？

1

高山和哉《たかやまかずや》は二十五歳の会社員だ。

　事務用品を専門に扱う中堅商社に就職して、経理部に配属された。早いもので、入社してからすでに三年が経っている。外に出ることのない内勤の部署なので、代わり映えのしない毎日だった。

　この七月、そんな生活が大きく変化した。

　会社の方針として、経費削減のため、オフィスのスペースを縮小することになったのだ。テレワーク化を進めることで、オフィスの賃貸料を大幅に抑えられるという。

　そして、和哉の所属する経理部は、基本的に全員がテレワークになった。

　営業部のように外まわりが中心の部署は、在宅勤務はむずかしいが、パソコンさえあればどこでも仕事ができる経理部は問題ない。週に一、二度だけ出社日があるが、あとは自宅で作業することになった。

和哉はもともと仕事熱心なタイプではない。なるべく残業しないで、定時に退社してきた。決められた仕事はこなすが、それ以上のことを自ら進んでやろうとは思わない。出世しても忙しくなるのはいやなので、上昇志向が希薄だった。そんなお気楽社員の和哉にとって、テレワークになるのは大歓迎だ。

(やっぱり、自宅はいいな……)

和哉は椅子の背もたれに寄りかかり、大きく伸びをした。

テレワークがはじまって今日で三日目だ。少し疲れてきたので、仕事を中断してネットサーフィンをしていた。だが、それにも疲れたので、コーヒーでも飲もうかと思っているところだ。

今まさに、自宅で仕事をする気楽さを実感していた。

メールや電話、Ｗｅｂ会議はあるが、口うるさい課長と毎日、顔を合わせなくてすむ。自分のペースでのんびり仕事ができるのは、和哉のように楽をすることしか考えていない男には魅力だった。

しかも、三カ月前に、両親が田舎《いなか》暮らしをすると言って信州に移住した。今年、父親が定年退職して、夢だった田舎でのセカンドライフをはじめたのだ。大自然に囲まれて、農業や釣りなどを満喫しているらしい。

そのため、ひとり息子である和哉が、3LDKのマンションを自由に使えることになった。部屋は余っているし、しかも静かなので、自宅で仕事をするのに完璧な環境が整っていた。

和哉の部屋は六畳だ。壁に寄せてベッドがあり、向かいにデスク、その隣に本棚が置いてある。ほかにカラーボックスなどもあるので少々狭い。そのうち、ほかの部屋を仕事部屋にすることも考えているが、パソコンの移動などが面倒なので、しばらく先になるだろう。

とりあえずは自室が仕事場だ。

定時である午後五時までは、昼の休憩時間を除いて部屋にいるようにしていた。いつ課長から連絡があるかわからない。デスクにノートパソコンとスマホを置き、即座に応対できる態勢を取っていた。

とはいえ、目の前に上司がいないと、ついさぼってしまう。昼寝をしたり、テレビを観たり、インターネットをしたり、なかなか仕事に集中できなかった。ただ、お気楽社員の和哉にとっては、テレワークはなかなか快適だった。

（これで恋人がいればなぁ……）

ありもしないことを考えて、ため息が漏《も》れてしまう。

恋人がいれば、いつでも家に連れこめる。両親が田舎暮らしをはじめたうえ、和哉はテレワークになったのだ。最高の環境が整っているが、残念なことに肝心の恋人がいなかった。

そもそも、和哉はいまだに童貞だ。奥手な性格が災いして、この年までキスをしたことさえなかった。

好きな女性の前だと緊張してしまう。大学時代に気になる人はいたが、デートに誘うどころか、まともに話すこともできなかった。もう少し積極的になっていればと思うが、今も性格は変わっていない。

就職してからもその状況は変わらなかった。いつになったら童貞を卒業できるのだろうか。いっそのこと風俗に行くことも考えたが、やはりはじめてのセックスは好きな女性と経験したかった。

テレワークになって一週間後、はじめての出社日を迎えた。

ここのところ始業時間の午前九時ギリギリまで寝ていたので、早起きするのがきつかった。わずか一週間で、だらけた生活が染みついてしまったらしい。とにかく、ネクタイを締めてスーツを着ると、満員の電車に揺られて出社した。

「おはようございます」

経理部のオフィスに入って挨拶する。すでにほかの社員が出社しており、和哉が最後だった。

「相変わらず、お早い出社だな」

いきなり、課長の武田《たけだ》が嫌みを投げかけてくる。それを聞いて、ほかの社員たちがクスクス笑った。

腕時計を見やると、まだ八時五十五分だ。遅刻したわけでもないのに、どうしてそんなことを言われなければならないのだろう。和哉は内心イラッとしながらも、愛想笑いを浮かべるしかなかった。

「おまえみたいなやつがいるから、テレワークは不安なんだよ。会社が決めたことだから仕方ないけどな」

課長はテレワークに最後まで反対していた。

自宅だと集中できず、さぼる者が出るというのが課長の考えだ。少なくとも、和哉に関しては当たっている。課長の言うとおりだ。完全に見透かされているので、なにも反論できなかった。

「もう五分、早く来るだけでいいのに」

小声で語りかけてきたのは、係長の相原沙也香《あいはらさやか》だ。

グレーのスーツを着て、黒髪のロングヘアを揺らしながら見つめてくる。沙也香は三十歳の人妻で、さばさばした性格の姐御肌《あねご》の女性だ。課長のような嫌みを言うことはなく、みんなから慕われている。

そんな沙也香のことを、和哉は密かに気になっていた。

勝ち気だが面倒見がよく、なにより整った顔立ちをしている。アーモンド形の瞳で見つめられると、ドキリとしてしまう。スーツの胸もとは大きく盛りあがり、腰はしっかりくびれている。タイトスカートから伸びる脚はスラリとして、足首はキュッと締まっていた。

（やっぱり、いいよな……）

スタイル抜群の女体が目に入り、ついよけいなことを考えてしまう。

そのとき、沙也香がわずかに首をかしげたことではっとする。卑猥な考えを頭から消し去り、慌てて気持ちを引きしめた。

「ね、寝坊しちゃいまして……」

和哉が小声で返すと、沙也香は呆れたような笑みを浮かべた。

「まったく、要領が悪いわね」

そう言いつつ、本気で怒るわけではない。沙也香は、今度から気をつけなさいと耳打ちして話を終わらせた。

仕事に関しては厳しいが、根はやさしくて人間味のある女上司だ。失敗すれば怒られるが、しっかりフォローもしてくれる。だからこそ、部下たちの信頼を集めているのだろう。

沙也香が声をかけてくれたことで、和哉は少し救われた気分になった。

オフィスは移転したことで縮小されている。以前のように、社員それぞれのデスクがあるわけではない。出社日に行なうのは、ミーティングや会議、作業の進捗《しんちょく》状況の確認と、課長からの新たな指示などだ。

正直、電話やメールでも間に合うことばかりだ。ミーティングや会議はオンラインでもできるのに、課長が顔を合わせないと円滑なコミュニケーションが取れないなどと言って、出社日を設けていた。

この日は会議室でミーティングを行なった。そのあとは各部署が共同で使えるパソコンで作業をして、午後五時になると仕事を終えた。

「テレワークはどう？」

帰り支度をしていると、係長の沙也香が声をかけてきた。

気さくな感じの話しぶりだ。今朝、和哉はみんなの前で課長に嫌みを言われたので、気を使ってくれているのかもしれない。

「だいぶ慣れてきました」

和哉は当たり障りのない言葉を返す。だが、本当は在宅勤務になって、すっかりだらけていた。

「わたしは、なかなか慣れないわね」

意外な言葉だった。

仕事には厳しい彼女のことだ。場所がどこになろうと、当然バリバリこなすものと思っていた。

「もともと、夫が家で仕事をしているのよ」

沙也香はめずらしく愚痴《ぐち》っぽい口調になっている。よほど、ストレスがたまっているのかもしれない。

夫はWebデザイナーで、以前から自宅で仕事をしているという。そして、沙也香もテレワークになり、朝から晩まで家で顔を合わせていることになった。その結果、息苦しさを感じているらしい。

「高山くんは、実家住まいだったわよね。ご家族がいるから、いろいろ大変なんじゃない？」

「いえいえ、うちはひとりなんで気楽なんですよ」

和哉がさらりと答えると、沙也香は不思議そうな顔をした。

「どういうこと？」

「じつは、両親が田舎暮らしをはじめたんです。だから、マンションをひとりで使ってるんです」

　別に隠す必要はない。両親が信州に移住して、農業などを楽しんでいることを軽い気持ちで話した。

「ご家族で住んでいたマンションで、今はひとり暮らしをしてるの？」

「ええ、そうです」

「じゃあ、ひと部屋だけ使わせてよ」

　一瞬、どういう意味かよくわからなかった。和哉が首をかしげると、沙也香は目をぐっとのぞきこんできた。

「部屋、余ってないの？」

「あ、余ってますけど……」

「じゃあ、いいじゃない。ひと部屋、わたしに貸してよ。少しは部屋代も払うわ」

　冗談を言っている顔ではなかった。

　仕事に集中できる部屋がほしいのだろう。沙也香は朝、和哉のマンションに来て、夕方まで仕事をするつもりらしい。

（でも、そうなったら……）

　夢のテレワーク生活が壊れてしまう。

　せっかくマイペースで仕事ができたのに、自宅に上司が来てしまったら、会社にいるのと変わらなくなってしまう。なんとか断る理由を考えるが、なにも思い浮かばなかった。

「明日から、さっそく行っていいかしら」

沙也香がグイグイ迫ってくる。

これまで、仕事で沙也香に助けてもらったことは一度や二度ではない。とくに新人のころは単純な入力ミスが多く、課長に怒鳴られてばかりだった。そんな和哉を、沙也香は根気強く指導してくれたのだ。

沙也香がいなければ、とっくに会社を辞めていたかもしれない。そんな面倒見のいい上司の申し出を断れるはずがない。

「わ、わかりました」

和哉は頰の筋肉をひきつらせながらつぶやいた。

結局、押しきられる形で了承する。本意ではないが、昼間だけ部屋を貸すことになってしまった。

2

「素敵なお宅ね」

リビングに足を踏み入れた沙也香が、周囲をさっと見まわしてつぶやいた。

「い、いえ、それほどでも……」

和哉は隣に立ったまま硬い声で答える。

上司が自宅にいるというのは、おかしな気分だ。会社で相対するのとは異なる緊張があった。

朝八時半、沙也香は宣言どおりにやってきた。

もしかしたら私服姿を見られるかもしれないと期待したが、いつものグレーのスーツ姿だった。手にさげているバッグは少し大きめだ。ノートパソコンや仕事の資料が入っているのだろう。

沙也香がスーツを着ているのを見て、身なりを整えておいて正解だと思った。テレワークの場合、服装の規定はない。これまではTシャツに短パンというラフな格好だった。だが、今朝はネクタイこそ締めていないが、一応ワイシャツを着て、スラックスを穿いておいた。

せっかくのテレワークなのに、身なりを気にしなければならないのは面倒だ。しかし、上司が来るのだから仕方なかった。

「ここにひとりで住んでるなんて贅沢ね」

沙也香の言うことはもっともだ。

ここはファミリー向けの３ＬＤＫなので、ひとりで住むには広すぎる。実際、和哉は自室とリビングしか使っていなかった。

「あ、あの、コーヒーでも入れますね」

なんとなく落ち着かず、キッチンに逃げようとする。このままだと息がつまりそうだった。

「いえ、結構よ」

背中を向けると、即座に沙也香が呼びとめた。

「九時には仕事をはじめたいから。わたしはどの部屋を使えばいいのかしら？」

もう仕事モードに入っている。始業時間の九時には、仕事に取りかかれる態勢を取っておきたいのだろう。

「で、では、ご案内します」

まずはトイレの場所を教えておく。そして、和哉の自室の前を通り、物置状態になっている洋室と、奥にある両親の寝室に案内した。

「すぐに使えるのは、この寝室ですけど」

寝室は十畳で、ダブルベッドと鏡台は両親が田舎に移住したときに持っていったため広々としている。もうひとつの洋室は六畳だが、最初に片づけをしなければ使えなかった。

「じゃあ、寝室を使わせてもらうわ」

沙也香はそう言って、寝室のなかを見まわした。そのとき、ストレートの黒髪がふわっと舞った。

（んっ……この匂いは……）

ふいに甘い香りが鼻腔に流れこんできた。

彼女の黒髪から漂ってくるシャンプーの香りだ。仕事のときは厳しいが、急に女性の部分を感じてドキリとした。

ついつい隣に立っている女上司の身体を横目で盗み見てしまう。スーツに包まれた女体が気になって仕方がない。服の上からでもスタイル抜群だとわかるのだから、脱いだらもっとすごいのではないか。

和哉が勝手に妄想をふくらませていると、沙也香は寝室の隅に置いてあるアンティーク調のライティングデスクに向かった。

「ここで仕事をしてもいいかしら」

「ど、どうぞ、好きに使ってください」

和哉は妄想をかき消し、慌てて答えた。

両親から家にある物は自由に使っていいと言われている。必要な物はすべて田舎に持っていったので問題なかった。

沙也香がライティングデスクに手をかける。扉をそっと手前に倒すと、それなりにスペースのある机になった。

「うん、しっかりしてるわね」

バッグからノートパソコンを出してセッティングする。沙也香は着々と仕事の準備を整えていく。

「じゃあ、仕事をはじめるわ。なにかわからないことがあったら、いつでも聞きに来なさい」

「は、はい……では、失礼します」

和哉は寝室をあとにすると、思わず息を吐き出した。

想像していた以上に緊張する。気づいたときには全身、汗だくになっていた。

上司というより、ひとりの女性として意識してしまった。考えてみれば、会社では常にほかの社員が近くにいた。完全にふたりきりの状況というのは、今日がはじめてだった。

（バカだな。なに意識してるんだ……）

心のなかで自嘲ぎみにつぶやいた。

沙也香は快適な仕事場を求めて、たまたまこの家に来ただけだ。当然ながら、和哉に特別な感情を持っているわけではなかった。

それでも、ひとつ屋根の下に美しい女上司がいると思うと落ち着かない。テレワークになって喜んでいたのに、まさかこんな状況になるとは考えもしなかった。さぼれなくなったので、とにかく仕事をするしかなかった。

和哉は自室に戻ると、仕方なくパソコンに向かって仕事を開始した。

途中、集中力が切れたり、睡魔に襲われたり、ネットサーフィンの誘惑に駆られたりしたが、それでも沙也香が近くにいると思うと下手なことはできない。なんとか午前を乗りきり、昼の十二時を迎えた。

（やっと休憩できる……）

大きく伸びをして立ちあがる。

何度かトイレに行ったが、それ以外は一応パソコンに向かっていた。テレワークになってから、これほど仕事をしたのははじめてだった。

和哉がリビングに向かおうとして部屋を出ると、ちょうど沙也香も寝室から姿を現した。

「順調に進んでる？」

「はい、なんとか……」

返事をしながら、和哉の視線はつい彼女の胸もとに向いてしまう。

ジャケットを脱いでおり、白いブラウス姿になっている。身体にフィットするデザインのため、乳房のふくらみが強調されていて、ブラウスのボタンが今にも弾《はじ》け飛びそうになっていた。

しかも、白いブラジャーがうっすら透けている。レース模様まで浮いており、和哉の胸の鼓動は急激に速くなった。

「どうしたの、顔が赤いわよ」

沙也香が顔をのぞきこんでくる。

見つめられると、ますます興奮が加速してしまう。和哉は慌てて視線をそらすと、懸命に平静を装った。

「い、いえ……べ、別に……」

胸を見ていることがばれたら大変なことになる。なんとかごまかそうと、和哉のほうから話しかけた。

「そ、そうだ。昼飯はどうするんですか？」

「用意してきたから大丈夫よ」

沙也香はそう言って、手にしていたコンビニ袋を軽く持ちあげる。

朝のうちにサラダとサンドウィッチを買ってきたという。てっきり、いっしょに外食するか、買い出しに出かけるつもりでいた。それで食べるとわかり、ほっとしたような、それでいながら少し残念な気分だった。

沙也香はリビングのソファに座り、サラダを食べはじめる。

和哉は買い置きのカップラーメンにした。彼女の隣に座るのは憚《はばか》られたので、食卓でさっと胃に収めた。

午後の仕事も睡魔との戦いだった。それでも、なんとかパソコンに向かいつづけて夕方五時を迎えた。

沙也香は仕事に集中できたらしい。残業することなく、満足げな顔であっさり帰っていった。

（これから、毎日これかよ……）

絶望的な気分になってしまう。

テレワークになりマイペースの生活が送れると思ったのも束の間、これでは会社にいるよりも窮屈だった。

沙也香が来るようになり三日がすぎた。

緊張が消えることはない。それでも、上司がすぐ近くにいる生活に、ある程度は慣れてきた。

昨日は仕事でどうしてもわからないことがあり、迷ったすえ、沙也香のいる寝室に向かった。

集中していたら邪魔してしまうかもしれない。そう思うと躊躇《ちゅうちょ》したが、沙也香はいやな顔ひとつすることなく教えてくれた。この感じなら、次からは気軽にたずねることができるだろう。

そして、今日もなんとか昼の休憩時間を迎えた。

和哉はコンビニに行くつもりで、財布を握りしめて部屋を出る。そのまま玄関に向かおうとすると、リビングのドアが開いた。

「高山くん、またコンビニ弁当？」

沙也香が声をかけてくる。

「はい……そうですけど」

立ちどまって振り返ると、なぜか彼女は笑っていた。

「同じ物ばかりで、そろそろ飽きてきたでしょ」

確かに同じような物ばかり食べている。

毎日、コンビニ弁当かカップラーメンだが、実際のところ、それほど気にしていない。でも、ここは同意しておいたほうがいいと思ってうなずいた。

「ええ、まあ……」

「じゃあ、今日はわたしが作ってあげる」

意外な言葉だった。

上司としては信頼しているが、あまり家庭的なタイプではないと思っていた。彼女自身、弁当を持参するわけでもなく、いつもコンビニで昼食を調達していたのを知っている。料理をするという印象がなかった。

「なんで黙ってるの。わたしに作れるのか疑ってるんでしょう」

沙也香がにらみつけてくる。

「い、いえ……ま、まさか、そんな……」

図星だったが、はいそうですと言えるはずがない。慌てて首を左右に振りたくって否定した。

「そ、そんなこと、係長にお願いしていいのかなと思って……」

「いいのよ。部屋を貸してもらってるんだから」

一応、沙也香なりに気を使っているらしい。なんとなく不安だが、断ると気を悪くするのは目に見えていた。

「では、お願いしてもいいですか」

遠慮がちに言うと、彼女は満面の笑顔になった。

「キッチンを貸してもらうわよ。ちょっと手伝って」

うながされてキッチンに向かう。

作ってあげると言いながら、和哉も手伝わなければいけないらしい。なんとなく予想はできていたので、命じられるままてきぱき動いた。

ずいぶん時間はかかったが、とりあえず料理ができあがった。

皿に盛られて食卓に並んでいるのは、スパゲッティのナポリタンだ。キッチンの棚から見つけたパスタと、冷蔵庫に入っていたケチャップとソーセージ、ピーマンや玉ねぎなどから沙也香がメニューを決めた。

「うまそうですね」

お世辞ではなくそう思った。

ケチャップの赤にピーマンの緑が彩《いろど》りを添えている。意外と言っては失礼だが、おいしそうにできていた。

「どう、見直したでしょう」

沙也香が自慢げに言いながら席につく。和哉は向かいの席に座ると、大きくうなずいた。

「料理、お上手なんですね」

「こう見えても、一応、人妻ですから。食べてみて」

「はい、いただきます」

さっそくフォークでスパゲッティを巻いて口に運ぶ。ところが、嚙んだとたんに固まった。

まずパスタが硬すぎる。ゆで加減は歯応えを残したアルデンテがよいと言うが、そんなものではない。芯はまったく火が通っておらず、まるでプラスティックを噛んでいるようだ。味つけも今ひとつで、ケチャップの味しかしない。ほかの調味料を入れ忘れているのではないか。

「なんとか言いなさいよ」

沙也香がむっとした様子で迫ってくる。

和哉は口のなかに入れたスパゲッティナポリタンをなんとか咀嚼《そしゃく》して、懸命に胃のなかに落としこんだ。

「う、うまいです」

作り笑顔を浮かべたつもりだが、頬がひきつっているのがわかった。

そんな和哉の様子を目の当たりにして、沙也香は不服そうに自分の作った料理を口に運んだ。

「んっ……」

直後に表情が変わる。そして、やっとという感じで飲みこむと、和哉の顔をチラリと見やった。

「……なんか、ごめんね」

まさか沙也香に謝られるとは思いもしない。しかも、彼女はうつむき加減で恥ずかしげに頬を染めていた。

「い、いや、すごくうまいですよ」

彼女に恥をかかせてはいけないと思った。

和哉はスパゲッティをフォークで巻き、再び口に含んだ。正直、おいしくないのだが、そんな顔は微塵も見せない。懸命に笑みを浮かべると、今度は途中で固まることなく、一気に噛み砕いて飲みこんだ。

「うん、おいしかったです」

そんな和哉のことを沙也香は黙って見ていたが、突然、プッと噴き出した。

「バカね、無理しちゃって」

大笑いしながら立ちあがり、コップに水を入れて持ってきてくれる。

「これでも飲みなさい」

「す、すみません」

冷たい水が喉に心地よくて、あっという間に飲みほした。

気まずい感じになってしまった。なにか言わなければと思ったとき、彼女のほうから切り出した。

「本当は、家事があんまり得意じゃないの。なんとかなるかと思ったけど、やっぱりダメだったわね」

軽い口調でしゃべってくれたのでほっとする。

夫は以前から自宅で仕事をしているので、家事をまかせっきりだった。料理も得意で、毎晩、作ってくれるという。どうやら、自分なりのこだわりがあるようだ。それにすっかり甘えて、沙也香は家事が苦手になってしまったらしい。

「でも、少しはできないと恥ずかしいわね」

「係長は仕事が忙しいから……」

なんとかフォローしようとする。仕事を完璧にこなす姿しか知らなかったので、和哉のほうが動揺していた。

「ありがとう……高山くんって、意外とやさしいところあるのね」

沙也香は恥ずかしげな微笑を浮かべている。

女性にそんなことを言われたのははじめてだ。和哉は胸の高鳴りを覚えて、おどおどと視線をそらした。

「とりあえず、ピザのデリバリーでも頼みましょうか」

「そ、そうですね」

照れ隠しで、妙に明るい声になってしまう。笑ってごまかすと、彼女も楽しげに目を細めてくれた。

「でも、今からだと一時をすぎちゃいますよ」

料理に時間がかかったので、すでに十二時四十五分になろうとしている。ピザが届くのは、間違いなく昼休みが終わってからだ。

「少しくらい大丈夫よ。そのぶん、午後は集中して仕事をするわよ」

「はい！」

「まったく、返事だけはいいんだから」

またしても、ふたりは声を出して笑い合った。ある程度、融通が利くのもテレワークのいいところだ。

3

沙也香に部屋を貸して一週間が経っていた。

昨日は出社日だったが、沙也香は和哉の家で仕事をしていることを課長に報告していなかった。

既婚者でもある女性の係長が、部下の男性社員の自宅で、ふたりきりの状況になっている。おかしな誤解を招くことを懸念して、報告するのをやめたという。課長から電話やメールがあっても問題はない。Ｗｅｂ会議も別々の部屋から行なえば、ばれることはないだろう。

だから、和哉も沙也香に部屋を貸していることは口外できない。とはいっても、そんな話をするほど仲のいい同僚はいなかった。

この日も夕方五時まで、なんとか仕事をこなした。

（やっと終わった……）

解放感に包まれる瞬間だ。窓の外を見やれば、日が傾いて空がオレンジ色に染まっていた。

部屋から出てリビングに向かうと、やがて沙也香も寝室から姿を見せる。

この時間、いつもなら彼女はジャケットを着て、バッグを持っているはずだ。それなのに、今日はなぜか白いブラウスのまま現れた。もしかしたら、まだ仕事をするつもりだろうか。

「あの――」

「言うの忘れてたけど、今日、うちの旦那、外で打ち合わせがあって帰りが遅くなるのよ」

和哉の声にかぶせるように、沙也香が語りかけてきた。

Ｗｅｂデザイナーの夫は、基本的に自宅にこもって仕事をしているが、たまに打ち合わせで外に出るという。そのときは関係者と飲んでくるため、帰宅が朝になることもあるらしい。

「そういうことで、たまにはいっしょに夕食でもどう？」

一応、提案する口調だが、沙也香のなかではすでに決定事項のようだ。腕組みをして、なにを食べるか考えていた。

「ピザはこの間、頼んだし……この辺だと、なにかおいしい物はあるの？」

「え、えっと……」

とまどいつつも、和哉はすでに受け入れはじめている。

仕事が終わって、羽を伸ばせると思ったが仕方がない。沙也香の圧力に抗《あらが》ったところで、勝てるわけがないとわかっている。食事にさえつきあえば、おとなしく帰るだろう。そう思う一方で、沙也香と夕飯を食べるのも悪くないと思っていた。

「じゃあ、中華はどうですか。近所にうまい店があるんです」

「いいわね。そうしましょう」

彼女もあっさり同意したので、さっそくスマホで注文する。最近は電話をかけなくても、アプリで注文できるので簡単だ。品名や個数を聞き間違えられるという事態もまず起きなかった。

「お酒はあるの？」

「あんまり飲まないんで、とくに買い置きは……」

「じゃあ、ちょっとコンビニに行ってくるわね」

どうやら、飲む気満々らしい。

そうなってくると、予定がだいぶ違ってくる。食事をしたら、すぐに帰ると思っていた。だが、今さらいやとも言えなかった。


ソファの前のローテーブルには、中華料理の皿が並んでいる。麻婆豆腐《マーボードウフ》、青椒肉絲《チンジャオロース》、回鍋肉《ホイコーロー》にエビチリなど、酒に合いそうな物ばかりだ。さらには、沙也香がコンビニで買ってきたビールとウイスキーのボトルもある。炭酸水と氷もたっぷりあり、本格的な酒盛りがはじまりそうな雰囲気だ。

和哉はそれほど酒が強くない。遠慮したいところだが、出前も酒代も沙也香が全額出してくれたので、なにも言えなかった。

沙也香はそんなに酒が好きなのだろうか。会社の飲み会では、それほど飲んでいた印象はない。課長の武田はいつも浴びるほど飲んで、みんなにからんでいたが、沙也香は冷静だったと記憶している。

「じゃあ、乾杯しましょうか」

ソファに並んで座ると、沙也香がにこやかに語りかけてくる。

とりあえず、ビールをグラスに注いで乾杯した。仕事のあとの一杯は格別だ。普段はあまり酒を飲まない和哉でも、夏のビールは最高だった。

「うまいっすね」

思わずつぶやくと、沙也香はご機嫌な様子でビールを注いでくれる。

「あら、強いじゃない」

「いえいえ、弱いですよ」

この時点で、すでに彼女のグラスは空だった。和哉もお返しとばかりにビールを注ぐと、沙也香はあっという間に飲みほした。

「あとは手酌《てじゃく》にしましょう。わたしはウイスキーをいただくわ」

そんなことを言いながら、ウイスキーのハイボールを作っていく。普段から作り慣れているように見えた。

「係長、お酒がお好きだったんですね。会社の飲み会では、そんなに飲んでなかった気がしましたけど」

「会社の飲み会は粗相《そそう》をしたらいけないから、あまり飲まないようにしてるのよ」

沙也香はそう言って笑った。

粗相とは、いったいどういう意味だろうか。もしかしたら、酒で失敗したことがあるのかもしれない。しかし、普段のまじめな姿しか知らないので、今ひとつ想像がつかなかった。

中華料理もうまいので、和哉もめずらしくビールが進んだ。

仕事の話も少しはしたが、沙也香は課長のように説教などしない。あくまでも楽しく飲むのが好きらしい。時間は楽しくすぎていった。

「家でもけっこう飲むんですか？」

深い意味はない。なんとなく聞いただけだが、沙也香は一瞬黙りこんだ。

「家では……まあ、ときどきね」

どこか歯切れが悪い。よけいなことを聞いてしまったのだろうか。

「夫が家で仕事をしてるでしょう。夜遅くまでやってるから、いっしょに飲むこともできないし……」

沙也香は何杯目かのハイボールを作りながら語りはじめた。

テレワークになることで、夫と過ごす時間が増えるのをうれしく思った。ところが、実際にはじまると、互いに息がつまる感じになったという。

「結婚して、まだ四年目よ。昔はただいっしょにいるだけで、あんなに楽しかったのに……不思議よね」

沙也香は遠い日をしてつぶやいた。

つき合っていたころは、ずっといっしょにいたかった。それなのに、今は少し距離を置きたいとさえ思うらしい。

世間で言われている倦怠期《けんたいき》というやつだろうか。しかし、女性と交際経験すらない和哉には、実感としてわからない。なにか言ったほうがいいと思うが、黙って聞いていることしかできなかった。

「ごめんね。なんか愚痴っぽくなって」

気を取り直したように沙也香が微笑んだ。

きっと夫の話から離れたいのだろう。それがわかったから、和哉も懸命に次の話題を探した。

「そういえば、あなたは彼女いないの？」

ふいに沙也香が尋ねてくる。

もっとも触れてほしくない話題だ。完全に不意打ちだったため、一瞬、おかしな間ができてしまった。

「え、ええ……」

なんとか答えるが、沙也香と目を合わせることができない。視線をそらしたまま、グラスに残っていたビールをぐっと飲みほした。

「いつからいないの？」

和哉の態度を見て、おかしいと思ったのかもしれない。沙也香がすかさず重ねて尋ねてきた。

「えっと……だ、だいぶ前から……」

どうしても、あやふやな言い方になってしまう。

適当なことを言って切り抜ければいいのはわかっている。だが、昔から嘘が苦手で
とっさに言葉が出なかった。

「ふうん……じゃあ、最近、女に触れたのはいつ？」

「そ、それは……」

きわどい質問を投げかけられて、思わず言いよどんだ。

すると、沙也香が身体をすっと寄せてくる。肩と肩が触れ合っただけで、顔が熱く火照《ほて》り出す。慌ててうつむくが、彼女は構うことなく密着してきた。

「もちろん、手をつなぐとか、そういうことじゃないわよ。わたしの言ってる意味、わかるわよね？」

沙也香が顔をのぞきこんでくる。視線が重なると、内心を見透かされたような気持ちになった。

「セックス、いつしたの？」

今度はストレートな言葉で尋ねてくる。

まさか、美しい女上司の唇から、そんな単語が紡《つむ》がれるとは思いもしなかった。こんな質問をしてくるなんて、かなり酔っているのだろうか。和哉は顔をますますうつむかせるが、それでも沙也香はのぞきこんでくる。絶対に視線をそらそうとしなかっ

た。

「ねえ、どうなの？」

和哉がなにも答えられずにいると、沙也香は探るような瞳で見つめてきた。

本当はとっくに気づいているに違いない。それなのに、和哉の口から言わせようとしているのではないか。口もとに笑みを浮かべた顔を見ていると、そうとしか思えなかった。

「セックスの経験は？」

執拗に訊かれて、どんどん追いつめられていく。もう、これ以上はごまかせない気がした。

「高山くんって、もしかして……」

「ど、童貞です」

答えなければ終わらない。そう思って言葉を絞り出した。

「ま、まだ……童貞なんです」

羞恥と屈辱が入りまじる。涙腺《るいせん》が緩みそうになり懸命にこらえるが、声が情けなく震えてしまった。

「そ、そうなの……」

沙也香はそう言ったきり、しばらく黙ってしまった。

「俺なんて、一生、童貞のままかも……」

視線をそらしてそっぽを向くと、独りごとのようにつぶやいた。

「まだ二十五歳でしょ。いくらでもチャンスはあるわよ」

沙也香はそう返してくれるが、とてもではないが前向きになれない。気分はすっかり沈んでしまった。

「じゃあ、部屋を貸してくれたお礼に、わたしが教えてあげる」

「えっ……」

いったい、どういう意味だろうか。思わず見やると、沙也香の瞳はねっとり潤んでいた。

4

「遠慮しないでいいのよ」

沙也香の手が和哉の太腿《ふともも》に重なってくる。スラックスの上からそっと撫でられて、胸の鼓動が速くなっていく。

「な、なにを……」

「童貞、捨てたいんでしょ？」

耳もとでささやかれると同時に、柔らかい手のひらが股間に滑ってくる。布地ごしにペニスをやさしく包みこんできた。

「うっ……」

軽く重なっているだけでも快感がひろがっていく。

なにしろ、女性がペニスを触っているのだ。はじめての刺激に腰が震えて、血液が股間に流れこんでいくのがわかった。

「か、からかわないでください」

このままだと勃起してしまう。慌てて身をよじるが、彼女はスラックスの上からペニスをそっと握ってきた。

「ううっ」

「からかってないわよ」

絶妙な力加減で揉まれて、股間に甘い刺激が湧き起こる。腰がブルッと震えたかと思うと、瞬《また》く間にペニスが芯を通していく。

「もう硬くなってきたわ」

沙也香がうれしそうにつぶやき、和哉の顔をのぞきこんでくる。彼女の瞳はますます潤み、なにやら妖艶《ようえん》な表情になっていた。

「じょ、冗談は……」

「冗談でこんなことできると思う？」

ほっそりした指がベルトにかかり、あっさり緩めていく。スラックスのホックをはずしてファスナーをおろされると、不安と期待がふくれあがった。

「染みができてるわよ」

そう言われて自分の股間を見おろせば、グレーのボクサーブリーフに男根の形が浮きあがっている。そして、亀頭の先端部分に黒い染みがひろがっていた。

「す、すみません……」

思わず謝罪すると、彼女はうれしそうに目を細める。そして、指先で染みの部分をそっと撫でてきた。

「いいのよ。期待してるんでしょう」

沙也香の言葉はあくまでもやさしかった。

すべてわかっているという感じで語りかけられると、ますます期待がふくらんでしまう。童貞を卒業できるかもしれない。しかも、相手は美人上司だと思うと、ペニスはさらに硬くなった。

「こんなに大きくしちゃって、パンツがはち切れそうになってるじゃない」

沙也香が耳もとでささやいてくる。会社では絶対に聞くことのない、艶《つや》を帯びた声になっていた。

ボクサーブリーフの上から触れられて、強い刺激が伝わってくる。指先はペニスに沿って動いていた。敏感な裏すじの部分だ。ペニスと彼女の指を隔てているのは、薄い布一枚だけだった。

「か、係長……ううっ」

「どんどん硬くなってるわ」

沙也香の声がねちっこさを増していく。和哉の反応を楽しんでいるのか、執拗に指先でペニスを撫でていた。

「ちゃんと最後までしてあげる」

「で、でも、どうして、俺なんかを……」

素朴な疑問が湧きあがる。

彼女は既婚者だ。それなのに、本当に筆おろしをしてくれるつもりだろうか。部屋を貸したお礼とはいえ、いくらなんでもやりすぎだ。

「お酒を飲むと、したくなっちゃうの」

信じられない言葉とともに、熱い息が耳に吹きこまれる。背すじがゾクゾクするような感覚に襲われて、和哉は思わず全身をブルッと震わせた。

そう言われて思い出す。

沙也香は酒がかなり強いほうだ。それなのに、会社の飲み会では、いつもあまり飲んでいなかった。つまり、飲むと淫らな気分になるとわかっていたからだろう。醜態をさらさないように控えていたのだ。

しかし、今日は自ら酒を買いにコンビニへ行った。つまり、最初からセックスするつもりだったのではないか。

（い、いや、まさか……）

そこまで考えていたのかどうかはわからない。ただ単に酒が飲みたかっただけかもしれない。しかし、自宅でもあまり飲んでいないようなので、羽目をはずしたかったのは確かだろう。

「童貞、卒業したいでしょう？」

ねちっこい声で尋ねられて、和哉は反射的にうなずいた。

「じゃあ、お尻をあげて」

言われるまま、尻をソファから少し浮かせる。すると、スラックスとボクサーブリーフが、まとめて太腿のなかほどまでずらされた。

とたんに屹立《きつりつ》したペニスが鎌首《かまくび》を振って跳ねあがった。

期待の度合を示すように、太幹は野太く成長して、亀頭はこれ以上ないほど張りつめている。しかも、先端の鈴割れからは透明な我慢汁が大量に溢れており、肉の表面をヌラヌラと濡らしていた。

「ああっ、すごいのね」

沙也香がため息まじりにつぶやき、熱い視線を送ってくる。そして、スラックスとボクサーブリーフを脚から完全に抜き取ると、ほっそりした指を硬い肉胴に巻きつけてきた。

「くぅっ……」

たまらず呻《うめ》き声が漏れてしまう。

柔らかい指の感触が気持ちよくて、軽くにぎられただけなのに新たな我慢汁が染み出した。

「すごく濡れてるわ」

沙也香は太幹を包みこんだまま、人さし指で亀頭を撫でまわす。ヌルヌル滑る心地よさと、尿道口をいじられるくすぐったさが入りまじった。

「そ、そんなにされたら……」

腰の震えがとまらない。人に触ってもらうのが、これほど気持ちいいとは知らなかった。沙也香は指が我慢汁にまみれるのも気にせず、亀頭を大胆に撫でまわす。さらには肉棒全体に透明な汁を塗り伸ばしてしごきはじめた。

「ああンっ、硬くて素敵よ」

「ちょ、ちょっと……くぅッ」

たまらず全身の筋肉に力が入った。

我慢汁が潤滑油になり、蕩《とろ》けるような愉悦《ゆえつ》を生み出している。自分の手でしごくのとは比べものにならない快感だ。カウパー汁が次から次へと分泌されて、彼女の白い指をさらに濡らしていく。

「わたしを見て……んんっ」

突然、沙也香が唇を重ねてきた。

柔らかい唇が触れてきたかと思うと、舌がヌルリッと入りこんでくる。口腔粘膜を舐めまわされて、どうすればいいのかわからず固まった。

（キ、キス……キスしてるんだ）

これが和哉にとってのファーストキスだ。ペニスをしごかれながら、舌をからめとられて吸いあげられた。

（こ、こんな……おおおッ）

信じられないことが現実になっている。

夢のなかを漂っているようだ。女上司の甘い唾液を味わいつつ、柔らかい手でペニスをあやされる快楽に酔っていた。

「こんなに硬くして、気持ちいいのね」

沙也香は唇を離すと、濡れた瞳で見つめてくる。

その間も男根を解放することはない。ゆるゆるとしごいて、絶えず愉悦を送りこんでくるのだ。

「ううッ……ま、待ってください」

これ以上されたら耐えられなくなってしまう。慌てて訴えるが、沙也香はしごくのをやめようとしない。それどころか、和哉の反応を見て、ますます指の動きを加速させた。

柔らかくほっそりした指が、硬く屹立した太幹の表面を往復している。根元から先端に向かうと、張り出したカリの部分を擦りあげていく。亀頭をヌルリッと撫でまわし、再び根元までしごきおろす。これを連続でくり返されて、瞬く間に射精欲がふくれあがった。

「くううッ、も、もう、出ちゃいます……」

和哉は両脚をつま先までつっぱらせると、思いきり奥歯を食いしばる。そうでもしないと達してしまう。もう限界が目の前まで迫っていた。

「我慢しなくていいのよ。ほら、白いのをいっぱい出しなさい」

沙也香がアーモンド形の瞳で見つめてくる。いつもは仕事の指示を出す唇から、卑猥な言葉を浴びせかけてきた。

その間も指は休むことなく動きつづけている。我慢汁にまみれた肉棒をリズミカルにしごかれて、射精欲はどこまでも膨脹していく。和哉は両手でソファの座面を強くつかみ、たまらず全身を仰《の》け反らせた。

「も、もうダメですっ、出るっ、くうううううッ！」

ついに射精欲が限界を突破する。女性にしごかれる快感は強烈で、童貞の和哉に耐えられるはずがない。精液が尿道を駆けくだる刺激は、全身の毛が逆立つほど気持ちいい。たまらず呻き声を発しながら思いきり精液を噴きあげた。

「ああっ、すごいわ」

沙也香は脈動するペニスを握りしめたまま、うっとりした瞳を向けてくる。先端からドクドク溢れる白濁液を見つめて、物欲しげに腰をくねらせた。

5

「まだ、できるわよね」

沙也香は目を細めてつぶやくと、硬いままのペニスをゆったりしごきあげる。

「い、今は……ひううッ」

たまらず情けない声が漏れてしまう。

射精直後で敏感になっているため、軽い手コキでも刺激が強すぎる。またして両手でソファを強くつかみ、全身の筋肉を硬直させた。

「わたしにまかせて」

沙也香はいったん立ちあがり、手に付着した精液をティッシュで拭《ぬぐ》う。そして、ローテーブルを端に押して、床にスペースを作った。

「ここに寝るのよ」

和哉の服をすべて脱がして裸にすると、手を取ってソファから床におろした。フローリングの上にぶ厚いカーペットが敷かれている。そこで仰向《あおむ》けになるように命じられて、和哉は素直に従った。

立ちあがった沙也香が、目の前で服を脱ぎはじめる。

まずはタイトスカートをおろすと、ストッキングも引きさげてつま先から交互に抜き取った。ブラウスの裾《すそ》が股間をギリギリ隠しているが、むっちりした太腿は見えている。

その格好が色っぽくて、和哉のペニスはますます硬くなった。射精した直後だというのに、先端から透明な汁が溢れ出している。一回、射精したくらいでは、まったく興奮が収まらなかった。

「女の裸を見るのもはじめて？」

沙也香がブラウスのボタンをはずしながら語りかけてくる。胸もとが徐々に開いていくのを見つめて、和哉はカクカクとうなずいた。

「じゃあ、恥ずかしいけど見せてあげる」

ついにブラウスを脱ぎ去り、女体に纏《まと》っているのはワインレッドのブラジャーとパンティだけになった。

（か、係長の身体……）

思わず生唾をごくりと飲みこんだ。

スーツ姿しか見たことのなかった沙也香が、今、下着姿で目の前に立っている。三十歳の熟した女体を前にして、和哉は完全に圧倒されていた。

大きな双《ふた》つの乳房がカップで寄せられて、中央で密着している。新鮮なメロンを思わせる柔肉だ。腰は細く締まっており、肉づきのいい尻につづいている。抜群のプロポーションを下着のレースが色っぽく彩っていた。

「もっと見たいでしょう」

沙也香は両手を背中にまわすと、ブラジャーのホックをプツリとはずす。とたんに乳房の弾力でカップが上方に弾き飛ばされた。

（おおっ……）

和哉は思わず腹のなかで唸った。

白くて大きな乳房が目の前で揺れている。なめらかな曲線の頂点に紅色の乳輪があり、その中心部にぷっくりした乳首があった。乳輪が大きめなのが卑猥で、ついつい視線が吸い寄せられてしまう。

しかし、じっくり観察している間もなく、沙也香はパンティのウエスト部分に指をかける。見られていることを意識しているのか、唇の端に微笑を浮かべて、焦《じ》らすようにゆっくりおろしていく。

そして、ついに恥丘にそよぐ陰毛が露《あらわ》になった。黒々としており、逆三角形に整えられている。その黒さが地肌の白さを際立たせていた。

沙也香は片足ずつ持ちあげて、パンティを抜き取った。これで女体に纏っている物はなにもない。生まれたままの姿になり、立った状態で和哉の体をまたいでくる。胸の上に立ち、両手を自分の内腿のつけ根にあてがった。

「全部、見せてあげる」

信じられないことに、あの係長が自ら股間を見せつけてくる。仰向けになった和哉の視線の先には、濃い紅色の女陰があった。

(こ、これが……)

生で目にするのはこれがはじめてだ。

インターネットの無修正画像で見たことはあるが、やはり生は迫力が違う。二枚の陰唇はいかにも柔らかそうで、中心部はうっすら湿っていた。

「これが女のアソコよ……はじめて見るんでしょ」

沙也香の声はわずかにうわずっている。

大胆な行動の割りに、彼女の頬はほんのり桜色に染まっている。自分で見せておきながら興奮しているらしい。剝《む》き出しになっている女陰の合わせ目から、新たな愛蜜が湧き出していた。

（ほ、本当に、今から……）

いよいよ期待がふくれあがる。和哉は無意識のうちに首を持ちあげて、沙也香の女陰を凝視していた。

あそこにペニスが入ると思うと、これまで感じたことのない興奮が押し寄せる。手でしごかれただけでも、あれほど気持ちがよかったのだ。膣《ちつ》はどれほどの快感なのか、もはや想像もつかなかった。

（も、もうすぐ……）

童貞を卒業できる。はやる気持ちを抑えられず、我慢汁が大量に溢れて亀頭を濡らしていった。

「早くしたい？」

「し、したいです」

即座に返答すれば、沙也香はうれしそうに微笑んだ。

女陰は愛蜜でぐっしょり濡れている。彼女も興奮しているのは明らかだ。そのことが、ますます和哉を昂《たかぶ》らせた。

「高山くんの童貞、わたしが奪ってあげる」

沙也香は腰の上に移動すると、M字開脚の姿勢でゆっくりしゃがみこんでくる。足の裏をカーペットにつけた騎乗位の体勢だ。左手を和哉の腹に置き、右手でペニスをつかんで位置を合わせた。

「でも、一回だけよ」

挿入する直前だった。沙也香は急にまじめな顔になってつぶやいた。

酒が入って淫らな気分になっても、夫のことが気になっているのかもしれない。ふと見せた表情には、葛藤が入りまじっている気がした。

「あンっ……」

しかし、亀頭が女陰に軽く触れただけで、唇から甘い声が溢れ出す。くびれた腰が物欲しげにうねり、瞳が妖《あや》しげな光を放ちはじめた。

「じゃあ、いくわね」

沙也香がささやいた直後、亀頭に柔らかいものが押しつけられる。クチュッという湿った音が響いて、女陰の狭間《はざま》にはまっていくのがわかった。

「か、係長っ」

二十五年の人生で味わったことのない感覚だ。亀頭が吸いこまれるような錯覚に襲われている。その直後、カリ首まで熱い媚肉にみっちり包まれて、未知なる快楽が押し寄せた。

「くうううッ」

たまらず呻き声が溢れてしまう。慌てて尻の筋肉に力をこめて、暴走しそうな射精欲を抑えこんだ。危うく挿入しただけで射精するところだった。

「まだ、先っぽだけよ……はンンっ」

沙也香がさらに腰を落としてくる。

そそり勃《た》ったペニスがどんどん埋まっていく。女壺のなかは媚肉がみっしりつまっているのに、蕩けそうなほど柔らかい。無数の襞《ひだ》が太幹にからみつき、表面をヌメヌメと這いまわってきた。

「す、すごい……うううッ」

「はあンっ、全部入ったわ」

沙也香が喘ぎまじりにつぶやき、背すじを大きく仰け反らせる。膣道全体が収縮して、ペニスが四方八方から締めつけられた。

(や、やった……童貞を卒業したんだ)

心の奥底から喜びがこみあげる。

しかし、快感が次から次へと押し寄せて、感動に浸っている場合ではない。気を抜けば、あっという間に射精してしまう。熱い媚肉の感触は、童貞の和哉を早くも追いつめていた。

「高山くんの童貞、もらっちゃった」

沙也香がうっとりした表情で見おろしてくる。

視線が重なると、それだけで快感が大きくなっていく。じっとしているのに濡れ襞がウネウネと波打ち、男根が奥へ奥へと引きこまれる。さらには膣口が締まり、我慢汁が溢れ出した。

「ううッ、す、すごい……」

首を持ちあげて結合部を見れば、ふたりの股間がぴったり密着している。己《おのれ》のペニスが女壺のなかにすべて収まっていた。

「まだまだ、すごいのはこれからよ」

沙也香が腰をゆったりまわしはじめる。すると、からまった陰毛同士がシャリシャリと乾いた音を響かせた。

「ほら、こうすると気持ちいいでしょう」

「くうッ……ううッ」

もう、まともな言葉を発する余裕もない。今にも暴発しそうな射精欲を抑えこむので精いっぱいだ。全身の毛穴から汗が噴き出し、細胞という細胞が震えている。

「動くわね」

どうやら、今のはペニスと媚肉をなじませていただけらしい。沙也香は膝の屈伸を使って、腰を上下に振りはじめた。

股間に視線を向ければ、そそり勃った肉棒が彼女のなかに出入りするのがまる見えだ。膣内に入っていくときは二枚の陰唇を巻きこみ、現れるときは女陰まで引き出される。愛蜜にまみれた肉棒は、ねっとりと妖しい光を放っていた。

「あっ……あっ……」

沙也香は切れぎれの声を漏らして腰を振っている。両手を和哉の腹に置き、膝を立てた状態だ。目の前では双つの乳房がタプタプ弾《はず》んでいる。ふたりの結合部分から響く蜜音も、和哉の性感を聴覚から刺激した。

「か、係長……も、もう……」

とてもではないが耐えられそうにない。はじめてのセックスの快楽に流されて、射精欲が急速に盛りあがった。

「イキそうなのね。イッていいわよ」

腰の動きが速くなる。沙也香は尻を上下にバウンドさせて、反り返ったペニスを女壺でしごきあげた。

「ううぅッ、き、気持ちいいっ」

本能にまかせて手を伸ばし、乳房をこってり揉みしだく。指先が柔肉に沈みこんでいく感触がたまらない。男の体ではあり得ない柔らかさに感動して、なおさら射精欲が煽《あお》られた。

先端で揺れている乳首は硬く充血している。そこを摘まんで転がせば、沙也香の喘ぎ声が大きくなり、膣がキュッと収縮した。

「くううッ、も、もうダメですっ」

「あぁッ、い、いいっ、わたしもいいわ」

沙也香も喘いでくれるから、ますます射精欲がふくれあがる。和哉は無意識のうちに股間を突きあげると、ペニスを膣道の奥深くまでたたきこんだ。

「はあああッ」

「おおおッ、で、出るっ、出る出るっ、くおおおおおおッ！」

ついに最後の瞬間が訪れる。膣に埋めこんだ男根が思いきり跳ねまわり、頭のなかがまっ赤に染まっていく。

オナニーで射精するのとは、まるで次元の異なる快感だ。女壺が激しくうねり、ペニスを咀嚼するようにこねまわしている。柔らかい襞がからみつき、根元から先端に向かって絞りあげていた。濃厚な精液が尿道口から吐き出されるたび、全身が溶けそうな快感がひろがった。

「あああァッ、いいっ、もっと出して、あああああッ！」

沙也香はすべてを膣奥で受けとめてくれる。腰をしっかり落としこみ、根元まで結合した状態で熟れた女体をブルルッと震わせた。

もう、なにも考えられない。ただ絶頂の余韻に浸り、和哉は全身を小刻みに震わせていた。

やがて沙也香が胸もとに倒れこんでくる。ペニスは膣に埋まったまま、ふたりは息を乱しながら頬を寄せ合った。どちらも口を開くことなく、しばらく汗ばんだ身体を重ねてじっとしていた。

第二章　とろめき家出妻

1

「おはよう」

この日も沙也香はいつもどおりやってきた。

ダークグレーのスーツを着て、クールな微笑を浮かべている。会社で見かけるのと変わらない、いかにも仕事ができそうな上司だった。

沙也香と身体の関係を持ってから五日が過ぎている。

またチャンスはあると思っていた。だが、あれからなにもない。沙也香はそんなそぶりをいっさい見せなかった。

——一回だけよ。

確かにそう言っていた。

あの言葉に嘘はなかった。部屋を貸してくれたお礼とも言っていたが、本当にそれだけだったのだろう。

（また、やりたいなぁ……）

強烈な快感がペニスに刻みこまれている。

はじめてのセックスで膣のなかに思いきり射精した。しかも、沙也香は直属の上司であり人妻だ。いけないとわかっているからこそ、快楽はより深くなった。脳髄まで蕩けて、頭のなかがまっ白になるほどだった。

「おはようございます」

和哉は少し緊張しながら挨拶した。

またセックスしたい気持ちは日に日に募っている。その一方で、テレワーク生活には慣れてきた。

沙也香は毎朝九時前にやってきて、夕方五時には仕事を終えて帰っていく。同じ部屋で仕事をしているわけではないが、上司が近くにいると思うと気が抜けない。結果として仕事ははかどったが、せっかくのテレワークなのに会社にいるのとあまり変わらない気もした。

（せめて、もう一回……）

なんとかセックスできないだろうか。

そんなことを考えながら自室に向かう。沙也香も仕事場にしている寝室へと歩いていく。タイトスカートに浮かびあがった尻のまるみを見つめながら、和哉は自室のドアをそっと開けた。

昼になり、和哉はカップラーメンを食べた。

沙也香は朝のうちにコンビニでサラダとおにぎりを買っていたらしい。それをリビングのソファで食べていた。

とくに会話はないが、かといって避けられているわけでもない。適度な距離を保っており、仕事に関することなら質問できるが、先日の夜のような雰囲気にはならなかった。

午後も自室で仕事をして、夕方五時になるといつもどおり仕事を終えた。

和哉がリビングに向かうと、少し遅れて沙也香も寝室からやってくる。すでにジャケットを着ており、手にはバッグをさげていた。どうやら、今日もすぐに帰るつもりらしい。

「お疲れさまです」

内心がっかりしながらも挨拶した。

「お疲れ。仕事は順調？」

沙也香も普通に声をかけてくる。

「はい、とくに問題ないで——」

和哉が話していると、その声をかき消すようにメールの着信音が響き渡った。

「ちょっと、ごめんね」

沙也香はバッグからスマホを取り出してメールを確認する。すると、表情が見るみる曇っていった。

「なにかありましたか？」

「別に、たいしたことじゃないわ」

そう言いつつ、沙也香の表情は冴えない。なにかあったのは間違いなかった。

「夫が仕事の打ち合わせで遅くなるって……」

「それなら、うちで食事をしていきませんか」

和哉は思いきって提案した。

ふたりきりで食事をすれば、いい雰囲気になって、またセックスできるかもしれない。こんなチャンスを逃す手はなかった。

「旦那さんがいないなら、急いで帰らなくてもいいじゃないですか」

「そうね……じゃあ、そうするわ」

沙也香は少し考えるような顔をしてからうなずいた。

（やった……）

心のなかでつぶやき、思わず拳を握りしめる。前回のような展開を予想して、早くもペニスがむずむずしてきた。

「なにを食べましょうか」

平静を装って話しかける。

「わたしが作ってあげましょうか」

「えっ……」

思わず言葉につまってしまう。前に作ってもらったスパゲッティは、お世辞にもおいしいとは言えなかった。

「冗談よ。そんな困った顔をしなくてもいいでしょう」

沙也香がからかいの言葉をかけてくる。口もとに笑みを浮かべて、いたずらっぽい表情になっていた。

「こ、困ってないですよ」

むきになって言い返しながらも、胸のうちで期待がふくらんでいる。もしかしたら、今夜、二度目のセックスができるかもしれなかった。

「じゃあ、いただきましょうか」

食卓には料理の皿が並んでいる。沙也香が気に入ったというので、前回と同じ中華の出前を取った。

「はい、いただきます」

さっそく料理を食べながら、和哉はどうやったらセックスに持ちこめるかを考えていた。

「この春巻き、おいしいわね」

沙也香はうれしそうに食べているが、今のところそれだけだ。まったく色っぽい雰囲気にならない。このままでは、ただ食事をしているだけになってしまう。

(どうすれば……)

必死になって考える。

前回は和哉が童貞だとわかり、彼女が初体験の相手になってくれた。だが、和哉はもう童貞ではないので、あのときと同じ手は使えない。そのとき、沙也香の言葉を思い出した。

――お酒を飲むと、したくなっちゃうの。

そう言っていたのを覚えている。

自分があまり飲まないので、肝心なことをすっかり忘れていた。冷蔵庫にはビールがある。酒が好きな沙也香のために買っておいたのだ。

「ビール、飲みますよね」

和哉は返事を待たずに立ちあがり、キッチンへと向かう。そして、ビールとグラスをふたつ持って戻った。

「準備がいいじゃない」

沙也香はあっさり受け入れてくれる。ビールをグラスに注げば、さっそくおいしそうに飲みはじめた。

「仕事のあとのビールはおいしいわね」

やはり沙也香は酒が強い。あっという間に一杯目を飲みほした。

(よし、いいぞ)

酒がまわれば、また淫らな気分になるはずだ。和哉は期待に胸をふくらませて、彼女の空いたグラスにビールを注いだ。

「旦那さんの帰り、けっこう遅くなるんですよね」

「たぶん、朝帰りじゃないかしら」

少し投げやりな口調になっている。

夫が外で楽しんでいることが、おもしろくないのかもしれない。沙也香の横顔に一抹の淋しさが滲んでいる気がした。

とはいえ、和哉の頭にあるのはセックスのことだけだ。

沙也香はジャケットを脱いでいるため、どうしても白いブラウスの胸もとに目が向いてしまう。相変わらずボタンが弾け飛びそうなほど張りつめており、ブラウスにはブラジャーのレースがうっすら透けていた。

「なんだか身体が熱くなってきたわ」

ほっそりした指でブラウスのボタンをひとつはずす。とたんに襟《えり》もとが開き、乳房の谷間がチラリと見えた。

（おおっ……）

和哉は横目で確認して、腹のなかで唸った。

「ビールならたくさんあるから、どんどん飲んでください」

買っておいて正解だ。この調子で飲みつづければ、きっと淫らな気分になってくれるだろう。

「もう一本、持ってきますね」

立ちあがろうとしたとき、沙也香のスマホが鳴りはじめた。

「誰かしら？」

首をかしげながらスマホを手に取り、画面を確認する。そして、すぐに通話をはじめた。

（まさか、旦那じゃないよな）

和哉はソファに座り直して、沙也香の横顔を見やった。

電話の相手は旦那ではないか。思いのほか帰宅が早くなり、家に沙也香がいないので心配しているのかもしれない。そうなると、沙也香はセックスをしないで帰ってしまうだろう。

（なんだよ、ついてないな……）

がっかりするが、どうも電話の相手は旦那ではないようだ。

「声が暗いじゃない。なにかあったの？」

沙也香の表情が険しくなっている。だが、やさしい声音《こわね》で語りかけていた。相手を気遣《きづか》っているようだが、いったい誰と話しているのだろうか。

「どうしたのよ。泣いてたらわからないじゃない」

どうやら、深刻な状況のようだ。沙也香は説得するように語りかけては、相手の話を聞いて、うんうんと何度も相づちを打った。

「わかったわ。とにかく来なさい」

沙也香はそう言うと、突然、和哉のほうを向いた。

「高山くん、ここの住所は？」

「え、えっと――」

反射的に答えると、沙也香はそれを相手に伝えて電話を切った。

なにかいやな予感がする。沙也香とセックスすることしか頭になかったのに、今から誰かがここに来るのだろうか。そんな和哉の不安など気にすることなく、沙也香はグラスに残っているビールを飲みほした。

「ビール、持ってきてくれるんじゃなかったの？」

「は、はい、ただいま」

とりあえず、和哉は冷蔵庫からビールを持ってくる。そして、彼女のグラスに注ぎながら話しかけた。

「あの、係長……誰か来るんですか？」

「わたしの友達だから、気を使わなくてもいいわよ」

沙也香はさらりと言って、再びビールを喉に流しこんだ。

「そ、そういうことじゃなくて……」

和哉はとまどいを隠せなかった。

勝手に人を呼ばれるのは困る。沙也香に部屋は貸しているが、それは彼女が仕事をするためだ。自由に使っていいわけではなかった。さすがに抗議しようとする。

「いろいろ事情があるのよ。少しだけだから、いいでしょ。お願い」

だが、沙也香に懇願するような口調で言われると断れない。

誰が来るのかもわからないが、とりあえずうなずくしかなかった。

2

約二十分後、見知らぬ女性がやってきた。

白井琴子《しらいことこ》、沙也香の大学時代の同級生だという。おとなしそうな女性で、ネイビーのフレアスカートに白いカットソーを纏っていた。

そして、大きなキャリーバッグを持っている。普通なら旅行だと思うところだが、彼女の場合はまず違うだろう。

「突然、お邪魔してすみません」

リビングに入るなり、琴子は申しわけなさそうに頭をさげる。消え入りそうな声で謝られて、和哉は強く言うことができなかった。

「い、いえ……なにか事情があるとか……」

「あとでいいじゃない。とりあえず座りましょうよ」

沙也香にうながされて琴子がソファに腰かける。その隣には沙也香が座り、和哉はひとりがけのソファに移動した。

琴子はうつむき加減で、やさしげな瞳を潤ませている。先ほどから落ち着かない感じで、セミロングの明るい色の髪を何度もかきあげていた。いったい、なにがあったというのだろうか。

「琴子もビール、飲むでしょ？」

沙也香がそう言って、和哉に目配せする。グラスを持ってこいという合図だ。

(どうして、俺が……)

不満がこみあげるが、口にはできない。仕方なく立ちあがり、キッチンからグラスと冷えたビールを持ってきた。

「どうぞ……」

ビールを注いで勧めると、琴子は頭をさげてからグラスを手に取った。

おとなしそうな顔をしているが、沙也香の友達だけあって酒は強いらしい。口をつけたと思ったら、あっという間に飲みほした。

「琴子はいちばんの友人なの。今でも頻繁に連絡を取り合っているのよ」

沙也香が穏やかな声で説明してくれる。

大学時代は同じテニスサークルに所属しており、よく遊んだ仲だという。一見、性格が合わない感じもするが、趣味嗜好が似ているようだ。ふたりとも酒が強いとあって、話しこんでいるうちに意気投合したらしい。

大学を卒業すると、琴子は食品関連の会社に就職した。その三年後、会社の先輩と職場結婚して、現在は専業主婦だという。

ここまでは幸せいっぱいに聞こえるが、目の前にいる三十歳の人妻に、いったい、なにがあったのだろうか。和哉が見やると、沙也香は琴子に視線を向けた。

「そろそろ、なにがあったのか話してくれない？」

「うん……」

ようやく落ち着いてきたのか、琴子が小さくうなずいた。

「夫が浮気をしてたの」

琴子の声は消え入りそうなほど小さい。涙声で震えているので、よけいに聞き取りづらかった。

夫が勤務先の若い女性社員と浮気をしていたらしい。頻繁にメールが届いたり、電話がかかってきたりするので、数日前から怪しいと思っていた。だが、スマホにはロックがかかっているので確認できなかった。

ところが、今日、夫がトイレに立ったとき、置きっぱなしだったスマホに電話がかかってきた。画面に表示されていたのは、知らない女の名前だった。

トイレから戻ってきた夫を問いつめると、最初はしらばっくれていたが、最終的には浮気を認めたらしい。それなのに、謝罪しないどころか、「ただの遊びだ」と開き直ったという。

「だから、家出してきたの……」

キャリーバッグには身のまわりの物がつまっているのだろう。

荷物をまとめている間も、夫はひと言も謝らなかったというから悪質だ。引っこみがつかなくなったのかもしれないが、そういう夫の態度が、ますます琴子を傷つけたに違いなかった。

「ひどい話ね」

沙也香は感情移入したのか、悲痛な表情になっている。隣に座っている琴子の肩に手をまわすと、やさしく抱き寄せた。

「さ、沙也香……うっぅぅっ」

琴子は声を震わせて泣きはじめてしまう。

（まいったな……）

和哉は心のなかでつぶやいた。

男が口出しすると、面倒なことになりそうだ。よけいなことを言えば、夫への怒りがこちらに向く可能性がある。ここは沙也香にまかせて、いっさい発言しないほうがいいだろう。

「どうして、男って若い女が好きなのかしら」

沙也香が琴子の背中をさすりながらつぶやいた。

「ねえ、高山くんもそうなの？」

いきなり、こちらに話を振られて緊張感が高まった。

こういうとき、答えを誤ると大変なことになる。絶対に浮気夫の肩を持つようなことを言ってはならない。

「わ、若ければいいってもんじゃないですよ」

「年上のほうが好きってこと？」

即座に沙也香が突っこんでくる。

うなずいておけば、とりあえずまるく収まるはずだ。だが、実際は年下も悪くないと思っている。あとでばれたときに怒られるのではないか。そんなことを考えて、おかしな間が空いてしまった。

「と、年上には年上のよさがありますよね」

「あやふやな答えね」

沙也香の声が少し低くなる。いやな予感がして、和哉は頬の筋肉がひきつるのを自覚した。

「そ、それで、どうするんですか？」

慌てて話題を変えようとする。すると、むせび泣いていた琴子が口を開いた。

「行くところがないの……」

「わたしの家に来る？　夫がいるけど……」

沙也香がやさしく語りかけるが、琴子は首を小さく左右に振った。

「ダメよ。うちの人、まっ先に沙也香のところにいると思うはずよ。心から謝ってくれるまで帰りたくないの」

琴子は、とりあえず夫に見つからない場所に行きたいらしい。

「それなら、ここに置いてもらえばいいじゃない」

沙也香がさらりとそう言った。

「えっ……か、係長？」

慌てて問いかけると、沙也香が顎をツンとあげて見つめてくる。

「しばらく置いてあげなさいよ」

「で、でも……」

「部屋、あまってるんでしょ」

確かに、使っていない部屋はある。だからといって、人妻を泊まらせるのはどうかと思う。いくら沙也香の友達とはいえ、琴子とはまだ出会ったばかりだった。

「琴子の話、聞いてたでしょ」

「え、ええ……」

「かわいそうだと思わない？」

「お、思います」

悪いのは間違いなく浮気をした夫だ。それなのに、家出をして行き場のない琴子は確かに不憫《ふびん》だ。事情を知ってしまった以上、突き放すことはできなかった。

「わ、わかりました」

了承すると、沙也香がほっとしたような微笑を向けてきた。

「高山くん、ありがとう」

礼を言われて、くすぐったい気持ちになる。照れくさくて、沙也香の顔をまともに見ることができなかった。

「すみません……ありがとうございます」

琴子も安堵したようだ。

いつまでになるのかわからないが、部屋はあまっているのだから、なんとかなるだろう。そんな軽い気落ちで引き受けてしまった。


翌朝、味噌汁の匂いで目が覚めた。

いつもはスマホのタイマーで飛び起きるので、いい香りでゆったり目を覚ますのは新鮮だった。

(この匂い……琴子さんか?)

和哉は横になったまま伸びをして、ゆっくり体を起こした。

脳裏に浮かぶのは昨夜のことだ。

沙也香の強引な提案で、琴子をしばらく泊めることになった。とはいっても、すぐに使える部屋は、リビングか沙也香が仕事部屋にしている寝室しかない。洋室は物置状態なので片づけに時間がかかるだろう。さすがにリビングは抵抗があるので、寝室で寝てもらうことにした。ベッドはないが、来客用の布団が押し入れにあったので問題なかった。

昨夜、琴子は夫のことでショックを受けていた。あまり話ができないまま、沙也香が帰ると寝室にこもってしまった。

（なんか、緊張するな……）

どんな顔で会えばいいのだろう。和哉は恐るおそるリビングに向かった。

「あっ、おはようございます」

ドアを開けると、琴子が思いのほか明るい声で挨拶してくる。

昨夜は落ちこんでいたが、ひと晩経って少し落ち着いたのかもしれない。フレアスカートに白いブラウスという格好で、キッチンに立っていた。

「おはようございます」

和哉はとまどいながらも、対面キッチンごしに声をかける。すると、琴子はうれしそうな笑みを浮かべた。

「勝手にすみません。キッチン、お借りしています」

「それは構わないのですが、なにを……」

「和哉さんの食事の支度です」

琴子は当たり前のように言って、火にかけている鍋をお玉でかきまわす。すると、味噌汁の香りが強くなった。

「そんなこと、しなくていいですよ」

「ご迷惑でしたか？」

とたんに琴子は悲しげな顔になってしまう。それを見て、和哉は慌てて言葉を重ねた。

「い、いえ、決してそんなことは……逆にご迷惑なんじゃないかと思って」

「ご迷惑をおかけしているのは、わたしのほうです。突然、お邪魔してすみません。せめてものお詫びですから、食事を作らせてください」

律儀な性格らしい。そこまで言われると、断るのも逆に悪い気がする。なにかしなければいられないのだろう。

「で、では、お言葉に甘えて……」

「ありがとうございます。すぐにできますから、座って待っていてください」

琴子は楽しげに朝食の支度を再開する。

なにやら、おかしな気分だ。両親が田舎に移住してからひとり暮らしをしていたのに、なぜか人妻がキッチンに立っているのだ。しかも、琴子は清楚な雰囲気の美しい女性だった。

（なんか、いいよなぁ……）

和哉は食卓につくと、対面キッチンごしに琴子の姿を眺めた。

女性がいるだけで、急に生活が華《はな》やかになる。いつか誰かと結婚したら、毎朝こんな気分を味わえるのだろうか。相手もいないのに新婚生活を想像して、つい顔がにやけてしまった。

琴子が食卓に料理を並べてくれる。焼き魚と納豆と生卵、それに味噌汁と白いご飯という、ひとり暮らしの和哉にとってはありがたい朝食だ。

「おいしそうですね」

「簡単なものばかりでお恥ずかしいです」

琴子は向かいの席に座ると、照れたような笑みを浮かべた。

「いえいえ、こんなにちゃんとしたものを作っていただけるなんて……では、さっそくいただきます」

箸《はし》で納豆を混ぜながら、ふと疑問が湧きあがった。

「でも、食材はどうしたんですか？」

冷蔵庫には、食材がほとんど入っていなかったはずだ。まさか、朝から買い物に行ったのだろうか。

「コンビニしか開いてなかったので……お昼はちゃんとした料理を作りますね」

琴子は申しわけなさそうにつぶやいた。

やはり買い物に行ったという。しかも、昼食まで作るつもりでいる。そこまでしてもらうのは申しわけない。反射的に断ろうとするが、彼女の気持ちを考えると、お願いしたほうがいいのだろうか。

「ありがたいのですが、無理はしないでくださいね」

できるだけ穏やかな声を心がける。

夫の浮気で傷ついている琴子を気遣ったつもりだ。明るく振る舞っているが、昨夜の涙を流していた悲しげな姿が忘れられない。それほど簡単に心の傷が癒《い》えると思えなかった。

「こう見えても主婦ですから、慣れているので大丈夫です」

琴子はそう言って、柔らかな笑みを浮かべた。

「でも、パートがある日はお昼を作れないんです」

「パート、してるんですか？」

「はい、近くのスーパーで」

週三日、スーパーでレジ打ちのパートをやっているという。琴子は当たり前のように答えた。

「あの……お住まいは近くなんですか？」

遠慮がちに尋ねてみる。よくよく考えてみれば、彼女がどこに住んでいるのか知らなかった。

「ええ、近くです」

意外なことに、ふたつ先の駅に住んでいるという。家出をしてきたと聞いたので、勝手に離れた場所だと思いこんでいた。

「ちなみに、パートのない日はどうしますか。リビングなら、のんびりしてもらって構いませんけど」

夜、琴子が泊まった寝室は、沙也香が仕事場として使う。昼間、琴子がいる場所はなかった。

「家事をしたり、お買い物に行ったりするので大丈夫です。お気遣い、ありがとうございます」

どうやら、掃除や洗濯をするつもりらしい。焼き魚も味噌汁もおいしかった。琴子は沙也香と異なり、家庭的なタイプの女性だった。そんな彼女に、いつしか心惹かれていた。

（ダ、ダメだ……琴子さんは人妻なんだ）

自分自身に言い聞かせると、ご飯を勢いよくかきこんだ。

3

三日後の夕方、五時になると仕事を終えた沙也香が帰っていった。

この生活にもだいぶ慣れてきた。自室でパソコンに向かっていても、集中力が持続するようになっている。とはいっても、午後になって疲れると、うたた寝をすることもあった。

Ｔシャツと短パンに着替えてリビングに向かう。すると、やがて琴子がパートから帰ってきた。

「すぐにご飯を作りますね」

一服する間もなく、すぐにキッチンに向かう。

そこまでやってもらうのは悪い気もするが、和哉はあえてなにも言わない。そうやって動いているほうが、彼女も気が紛《まぎ》れるということがわかってきた。夫の浮気で傷ついた心を癒やすには、とにかく時間が必要だった。

「なにかお手伝いすることはないですか」

「大丈夫です。和哉さんはお仕事でお疲れなんですから、テレビでも見てゆっくり待っていてください」

いつもこの調子で、決して和哉に手伝いをさせない。

心やさしくて気が利いて、そのうえ美人だ。これほど素晴らしい女性と結婚していながら、若い女と浮気をした旦那の気が知れない。もし琴子が自分の妻だったら、浮気などするはずがなかった。

「でも、せっかくなんで料理を覚えたいんです。横で見ていてもいいですか」

「そんなに得意ではありませんけど……それでもいいなら」

琴子は照れたようにつぶやいた。

対面キッチンごしに彼女が料理をする様子を観察する。手ぎわがいいのはわかっているが、琴子の真剣な表情が魅力的だ。

「できました」

しばらくして、琴子がそう言った。

パスタを茹《ゆ》でていたので、もしかしてと思ったが、やはり今夜のメニューはスパゲッティナポリタンだった。

（すごい偶然だな……）

沙也香に作ってもらったときの記憶がよみがえる。

一応、和哉も手伝ったが、味はさんざんだった。結局、ピザのデリバリーを頼んだのだ。あれはあれで楽しかったが、以来、沙也香は料理を作ってくれなくなった。

「では、いただきます」

フォークで巻いて口に運ぶ。とたんに濃厚な味がひろがった。

ケチャップだけではなく、さまざまな調味料がまざり合って絶妙なバランスを保っている。具材は玉ねぎとピーマンとソーセージ、あのときとほぼ同じだ。それなのに複雑で芳醇《ほうじゅん》な味わいとなっていた。

「うまいっ」

思わず声が大きくなる。向かいの席に座っている琴子が、その声に驚いて肩をビクッと跳ねあげた。

「びっくりした……」

「すみません。でも、本当にうまいです。これまで食べたナポリタンでいちばんうまいです」

つい力説してしまう。だが、沙也香のナポリタンと比べたことは黙っておく。基本的な食材は同じなので、茹で加減や調味料を入れるタイミングや量で、これほど味が変わるとは驚きだった。

「おおげさです。ただのナポリタンですよ」

琴子はそう言って、照れたように微笑んだ。

「今度、作り方を教えてもらえませんか。前に挑戦したんですけど、失敗しちゃったんです」

沙也香といっしょに作ったことは内緒にしておいたほうがいいだろう。料理が不得手なことは言っていないかもしれない。あくまでも、和哉がひとりで作って、失敗したことにしておく。

「自分でこんなにおいしい料理が作れたら、最高じゃないですか」

「簡単ですから、お教えしますよ」

琴子はそう言って、恥ずかしげに微笑んだ。

「お願いします。それにしてもうまいです」

あまりにもうまくて、ゆっくり食べることができない。どんどん口に運び、あっという間に平らげてしまった。

「本当に料理が得意なんですね。なにを食べてもおいしいです。俺も琴子さんみたいな奥さんがほしいですよ」

何気なく放った言葉だった。ところが、とたんに琴子の顔から笑みが消えた。

「……わたしなんて、ダメよ」

なにやら様子がおかしい。消え入りそうな声になっていた。

「少しくらい料理ができても、いい奥さんにはなれないんです」

夫に浮気されたことを思い出したのだろう。視線を落として、食卓の一点をじっと見つめている。その瞳が見るみる潤みはじめた。

「す、すみません、ヘンなこと言って……」

慌てて謝罪するが、彼女は悲しげな表情のまま首を小さく左右に振った。

「和哉さんは悪くありません。わたしが悪いんです……」

「い、いえ、琴子さんは、ちっとも悪くないですよ」

悪いのは浮気をした夫だ。それだけは間違いない。たとえ夫婦の間で行き違いがあったとしても、ほかの女に走っていいわけがなかった。

「それなら、どうして……お、夫は電話をしてこないんですか」

琴子の声が震えたと思うと、ついに双眸《そうぼう》から涙が溢れ出す。大粒の涙が頬を伝って流れ落ちていく。

家出をして、すでに四日も経っている。確かに心配しているのなら、琴子のスマホに電話なり、メールなりがありそうなものだ。ところが、夫はいっさい連絡してこないという。

「わたしがダメだったから、あの人は……」

琴子は両手で顔を覆って肩を震わせる。

こういうとき、どんな言葉をかければいいのだろう。恋愛に疎《うと》い和哉にわかるはずがない。それでも、なんとかして慰めたかった。

「琴子さん……」

とりあえず立ちあがり、食卓をまわりこんで彼女の隣の席に腰かけた。

先日、沙也香は琴子の肩を抱いていたが、人妻相手にそこまではできない。それでも、近くにいてあげることはできる。声をかけつづけることで、なんとか元気づけたかった。

「俺は独身だし、夫婦のことはよくわからないですけど……やっぱり、琴子さんは悪くないと思います」

なにを言っても慰めにはならないかもしれない。それでも、自分なりの言葉をかけつづけた。

「和哉さん……」

いきなり、琴子が抱きついてくる。和哉のTシャツに頬を押しつけて、本格的に泣き出した。

「わたしが至らなかったから……うっ、うぅっ」

「ちょ、ちょっと……だ、大丈夫ですか？」

困惑しながらも、彼女の肩にそっと手をまわす。こうしている間も琴子は泣きつづけて、Tシャツに涙の染みがひろがっていく。

（ど、どうすれば……）

もとはといえば、自分の不用意な発言が原因だ。なんとかしなければと思うが、どうすればいいのかわからない。

そのとき、琴子のブラウスの襟もとが目に入った。乳房の谷間はもちろん、淡いピンクのブラジャーも見えている。彼女がしゃくりあげるたび、白くて柔らかそうな乳房が波打った。

（こ、こんなときに、どこを見てるんだ）

心のなかで自分を戒《いまし》める。

だが、視線をそらすことができない。人妻の魅惑的な谷間が手を伸ばせば届く距離にあるのだ。しかも、和哉の脇腹に押しつけられて、プニュッと柔らかくひしゃげている。この状況で平常心を保っていられるはずがない。

（うっ……や、やばい）

そう思ったときには遅かった。

ペニスがふくらみ、瞬く間に芯を通してしまう。短パンの前が盛りあがり、布地が破れそうなほど張りつめてしまった。

気づかないでくれと心のなかで祈るが、琴子は抱きついた状態で顔をうつむかせている。不自然に盛りあがった股間が、いつ視界に入ってもおかしくない。憔悴《しょうすい》しきっている彼女の瞳に、どう映るのか考えると不安だった。

「あ、あの、琴子さん……」

なんとか気をそらそうと思って話しかける。ところが、その直後、女体に力が入るのがわかった。

「和哉さん、それ……」

琴子が小声でつぶやいた。

うつむいているので顔を確認することはできない。だが、先ほどまで泣きじゃくっていたのに、もう声は震えていなかった。

「な、なんでしょうか」

ごまかそうとするが、声がうわずってしまう。

琴子は一転して黙りこんでいる。抱きついたまま離れようとせず、どこかをじっと見つめていた。

「どうして、こんなに……」

再び口を開いたかと思うと、琴子は手のひらを短パンの股間に重ねてくる。

「うっ……」

予想外の刺激に呻き声が溢れ出す。

まさか彼女が触ってくるとは思いもしない。布地ごしに柔らかい手のひらの感触が伝わり、体がビクッと反応した。

「すごく硬くなってます」

琴子はもう泣いていなかった。

細い指が短パンの上から太幹を握ってくる。ちょうど竿《さお》の部分をつかまれて、またしても全身に震えが走った。

「ううっ……な、なにを……」

手を振り払うわけにもいかず、和哉は困惑して身動きできなくなる。小声で語りかけるが、彼女は股間から手を離そうとしなかった。

「きっと、夫も……こういうこと、されてるんですよね」

琴子は独りごとのようにささやき、布地ごしに太幹をしごいてくる。ゆったりとした動きだが、人妻に愛撫される刺激は強かった。

(そうか、そういうことか……)

快楽にまみれながらも、彼女の言葉でわかった気がする。

これは浮気をした夫への当てつけだ。なにしろ、ほかの女とセックスしておきながら、謝ることなく開き直ったのだ。自分が至らなかったせいだと言いつつ、夫を許せない気持ちもあるのだろう。

「夫がしたなら……わたしも……」

琴子にしごかれて、ペニスの先端から我慢汁が溢れ出す。それがボクサーブリーフの裏地に染みこみ、ヌルヌルと滑りはじめた。

「で、でも、琴子さんは……係長の友達だし……」

上司の友達というのが引っかかる。もし手を出して沙也香にばれたら、怒られるに決まっていた。

「沙也香には言いません。だから……」

懇願するような瞳を向けられて心が揺れる。琴子のような魅力的な女性に求められて、突っぱねられるはずがない。

「わ、わかりました」

和哉は意を決してうなずいた。

夫は若い女と浮気をしたと認めたのだ。琴子も最後までしなければ気持ちが収まらないのだろう。

「では、お布団のあるところで……」

彼女のささやきが、やけに艶《なま》めかしく感じる。これから起こることを想像すると、ペニスはますます硬くみなぎった。

「和哉さん、巻きこんでしまって、ごめんなさい」

琴子が濡れた瞳で見あげてくる。だが、股間から手を離すことはない。雄々しい太幹をしっかり握りしめていた。

4

琴子に手を引かれて、リビングから寝室へとやってきた。

照明を豆球だけつけると、オレンジがかった頼りない光がひろがった。入ってすぐの壁ぎわにライティングデスク、奥の隅に畳んだ布団が置いてある。琴子は布団を部屋の中央に運んでひろげると、和哉のもとに戻ってきた。

「お願い……抱いてください」

恥ずかしげにつぶやき、身体をそっと寄せてくる。そして、キスをねだるように顔を上向かせた。

「こ、後悔しませんね」

「はい、大丈夫です。こんなこと、はじめてですが……」

琴子は小声で応えてくれる。

ということは、これがはじめての不倫だ。彼女が望んだことだが、本当にいいのだろうか。

よけいなことと思いつつ確認する。

正直、美麗な人妻に求められて悪い気はしない。それどころか、ペニスはそそり勃ったままで、ボクサーブリーフのなかは我慢汁にまみれていた。

琴子は答える代わりに睫毛《まつげ》を静かに伏せていく。艶やかな唇をほんの少し突き出すが、緊張のためか睫毛が微かに震えていた。髪から漂ってくる甘いシャンプーの香りが鼻腔をくすぐった。

「こ、琴子さん……」

たまらず女体を抱きしめると、勢いにまかせて唇を重ねた。

「ンっ……」

琴子はほんの一瞬、身を硬くする。心に迷いがあるのかもしれない。だが、逃げることなく和哉の唇を受けとめた。

（ああっ、なんて柔らかいんだ……）

興奮が腹の底から湧きあがる。

沙也香とは異なり、琴子はあくまでも受け身だ。自分から求めてきたのに、身体を小刻みに震わせていた。

まだ二度目のセックスだが、なんとか自分が積極的にいかなければと思った。

上手くできるか不安になりながらも、恐るおそる舌を伸ばして柔らかい唇を割り、人妻の口内を舐めまわす。とろみのある唾液をすすりあげると、反対に唾液を流しこんだ。

「ンンっ……はうンっ」

琴子は目の下を桜色に染めながら嚥下《えんげ》してくれる。それだけではなく、自ら遠慮がちに舌を伸ばしてきた。

彼女も求めているとわかるから、和哉はより大胆になれる。舌をからめとり、唾液ごと吸いあげていく。琴子は喉の奥で唸って腰をよじらせるが、両手は和哉の体にしっかりまわして抱きついた。

ディープキスを交わしながら、彼女のブラウスを脱がしていく。ボタンをはずして前を開き、女体から引き剝《は》がす。すると、淡いピンクのブラジャーに包まれた乳房が現れた。

「あ、あとは自分で……」

脱がされるのが恥ずかしいのか、琴子は和哉から離れると背中を向ける。スカートをおろして脚から抜き取り、ストッキングもおろしていく。すると、ブラジャーとおそろいの淡いピンクのパンティが見えてきた。

尻はむっちりしており、パンティの裾から肉がわずかにはみ出している。それでいながら、腰はしっかりくびれていた。

「あんまり、見ないでください」

視線を感じたのか、琴子が恥ずかしげにつぶやく。それでも、和哉は視線をそらすことなく凝視した。

琴子の両手が背中にまわされる。ホックをはずす仕草が興奮を誘い、思わず鼻息が荒くなった。ブラジャーがはずされて、足もとにそっと落とされる。なにも身に着けていない背中が色っぽい。中央に背骨がうっすら浮かんでおり、触れてみたい衝動がこみあげた。

「こ、琴子さんっ」

無意識のうちに歩み寄ると、背すじに顔を近づける。両肩をつかんで、背中の中央に唇を押し当てた。

「はンっ」

琴子は小さな声を漏らして、肩をビクッと震わせる。

くすぐったいのか、それとも感じているのかわからない。とにかく、反応したことは確かだ。和哉は押し当てた唇を、背すじに沿って上下にゆっくり滑らせた。

「ンンっ……ダ、ダメです」

つぶやく声は艶めいている。本気でいやがっているわけではないとわかるから、背後からパンティに指をかけて引きさげた。

「ああっ……」

肉づきのいい尻が剝き出しになり、琴子が腰をよじらせる。パンティを膝にからませた状態で、まる見えの双臀がプルプル揺れた。

(おおっ、こ、これが……)

尻たぶを目の当たりにして、欲望が一気にふくれあがる。両手で左右の尻肉を撫でまわせば、シルクのような肌触りが伝わってきた。

「ま、待ってください」

琴子が困惑の声を漏らすが、構うことなく頰擦りする。そして、両手を前にまわしこんで、恥丘をまさぐった。

「あンっ……」

指先に陰毛が触れると同時に、琴子の唇から小さな声が漏れる。さらに恥丘を撫でまわせば、立ったまま腰をくねくねとよじらせた。

(琴子さんのアソコの毛だ……)

指先に触れる陰毛の感触が心地いい。シャリシャリとした感触を楽しんでは、恥丘をそっと撫であげることをくり返す。

「あンンっ、そ、そこは……」

三十路《みそじ》妻の声がいっそう艶を帯びてくる。

膝から内腿にかけてをぴったり閉じているため、肝心なところに指を埋めることはできない。それでも、指先で股間を撫でていると、琴子は焦れたように下肢をもじもじさせる。

恥丘をいじられて感じているのかもしれない。いつしか前かがみになり、尻を後方に突き出す格好になっている。和哉は尻たぶに頰擦りをくり返し、執拗に陰毛と恥丘を弄《もてあそ》んだ。

「か、和哉さん……もう、立ってられません」

琴子が懇願するようにつぶやいた。

それならばと膝にからんでいたパンティをつま先から抜き取り、彼女を布団に誘導して横たわらせる。仰向けになった女体が、豆球の光に照らし出された。

（おおっ……）

和哉は思わず腹のなかで唸った。

たっぷりした乳房は脇に少し流れているが、それでもかなりの大きさだ。乳首は濃いピンクで、興奮度合を示すようにぷっくり隆起している。腰はくびれており、腹の中央に見える縦長の臍《へそ》まで美しい。恥丘にそよぐ陰毛は、きれいな小判形に整えられていた。

人妻の熟れた女体は匂い立つようだ。

和哉は服を脱ぎ捨てて裸になると、琴子の隣で横になった。ペニスは雄々しく屹立して、先端から大量のカウパー汁が溢れている。張りつめた亀頭はヌラヌラ光り、臨戦態勢を整えていた。

今すぐ挿《い》れたいが、なにしろこれが二度目のセックスだ。一度目は沙也香にリードしてもらったが、今回はそういうわけにはいかない。

(俺に、できるのか?)

今さらながら不安になってくる。勢いで引き受けたが、いざとなると上手くやる自信がなかった。

「ああっ、恥ずかしいです」

琴子は頬をまっ赤に染めて、目を強く閉じていく。さらには右手で乳房を、左手で股間を覆い隠してしまった。

完全に受け身の体勢だ。まさか、和哉が一度しかセックスの経験がないとは思いもしないのだろう。夫への当てつけで浮気をする決意をしたが、自分から動くつもりはないようだ。

(俺が、なんとかするしか……)

和哉は覚悟を決めると、乳房を隠している彼女の手を引き剥がす。そして、剥き出しになったふくらみに、手のひらを重ねていった。

「あっ……」

乳首に軽く触れただけで、琴子の唇から小さな声が溢れ出す。だが、声が漏れたことを恥じらうように、すぐに下唇を小さく噛んだ。

（よ、ようし……）

緊張が消えることはないが、それを凌駕する勢いで欲望がふくれあがる。

彼女がいやがらないのなら、もっと触っても問題ないだろう。両手を伸ばして、乳房をゆったり揉みあげる。指が沈みこんでいく感触が気持ちいい。蕩けそうなほど柔らかくて、ますます気持ちが高まった。

「あンっ……」

指先で乳首を摘まめば、琴子の唇から声が漏れる。しかし、濡れた瞳で見あげてくるだけで、いやがるそぶりはいっさいなかった。

「そ、そこは……ああっ」

双つの乳首をそっと転がせば、さらに声が大きくなる。どうやら、乳首がとくに敏感らしい。

（そうとわかれば……）

彼女が喘ぎ声をあげてくれるから、和哉はますます大胆になる。乳房をねっとり揉みつつ、思いきって乳首にむしゃぶりついた。

「ああっ」

とたんに女体がビクンッと跳ねる。乳首に舌を這わせて唾液を塗りつけると、本能のままに吸いあげた。

「ダ、ダメです、あああっ」

琴子は口ではダメと言いながら、両手で和哉の頭を抱きしめる。髪のなかに指を差し入れて、まるで乳房に押しつけるように力をこめた。

「うむッ」

顔が乳房に埋まり、息ができなくなる。たまらず空気を求めて、乳首をさらに強く吸いたてた。

「はンンッ」

とたんに琴子の背中が仰け反り、手が頭から離れてシーツをつかむ。その隙に顔をあげて、ようやく空気を吸うことができた。

「や、やさしく……してください」

琴子が潤んだ瞳で訴えてくる。

もしかしたら、刺激が強すぎたのかもしれない。なにしろ、和哉は先日、初体験したばかりだ。力の加減がわからなかった。

挿入したい気持ちを懸命に抑えこみ、再び乳首を口に含んでいく。今度は唇でやさしく挟んでは、唾液を乗せた舌で慎重に転がしてみる。さらにそっと吸いあげると、女体に小刻みな震えが走った。

「はあンっ、か、和哉さん」

琴子の唇から、先ほどとは異なる甘い声が溢れ出した。

（か、感じてるんだ……）

和哉は自信を持つと、双つの乳首を交互にしゃぶる。すると、琴子は焦れたように腰をよじりはじめた。

「あンっ……ああンっ」

見つめてくる瞳がいっそう潤んでいる。内腿をもじもじ擦り合わせており、彼女も昂っているに違いない。

（よ、よし、そろそろ……）

和哉は意を決して、女体に覆いかぶさっていく。

ぴったり閉じている膝の間に、腰を割りこませる。最高潮に緊張しているが、それを悟られたくない。経験が少ないのがばれないうちに、勃起したペニスの先端を彼女の股間にそっと押しつけた。

「ンっ……」

琴子が微かな声を漏らす。

だが、まだ挿入はできていない。愛蜜が弾ける湿った音は聞こえたが、膣口の場所がわからなかった。

琴子は右手を口もとに当てて、顔を横に向けている。頬を赤く染めながら、その瞬間を待っていた。彼女のほうは受け入れる準備ができていると思うと、なおさら焦ってしまう。

(お、落ち着け……落ち着くんだ)

心のなかで自分に言い聞かせるが、額に汗がじんわり滲んだ。

とにかく、ペニスが女陰に触れているのは間違いない。亀頭の先端に愛蜜のぬめりを感じている。このまま上下に動かして探れば、膣口を発見できるはずだ。右手で竿を持つと、女陰に沿って亀頭をゆっくり動かしていく。

いったん下までさげて、軽く押し当てながら、じわじわと撫であげる。すると、先端が軽く沈みこむ場所があった。

「ンンっ……じ、焦らさないでください」

琴子が微かに腰をよじる。

もしかしたら、ここが膣口かもしれない。恐るおそる押しこむと、亀頭が陰唇の狭間にゆっくり埋まっていく。それと同時に熱い華蜜が溢れ出し、やがて吸いこまれるようにカリ首までぬっぷりとはまりこんだ。

「あンンっ」

とたんに女体がビクンッと反り返る。琴子は眉を色っぽい八の字に歪めて、顎を大きく跳ねあげた。

（よ、よし……入ったぞ）

和哉は心のなかでガッツポーズをすると、さらに腰を押し進めてペニスを根元まで埋めこんだ。

「くううッ……」

膣襞がからみつき、いきなり快感がひろがった。

腰に震えが走り、慌てて奥歯を食いしばる。まだ挿入しただけなのに、早くも遠くに絶頂の波が現れた。だが、すぐに達するのは格好悪い。懸命に全身の筋肉を力ませて、湧きあがる快感を抑えこんだ。

（う、動くと、やばい……）

和哉はじっとしているのに、膣襞が常に蠢《うごめ》いている。亀頭と太幹の表面を這いまわり、愛蜜の音がクチュッ、ニチュッと響いていた。

熱い女壺がゆっくり蠕動《ぜんどう》している。まるでペニスを咀嚼するように波打ち、収縮と弛緩《しかん》をくり返す。そのたびに次から次へと快楽を送りこまれて、いつしか和哉は全身汗だくになっていた。

（ううッ、す、すごい……このままだと……）

動かなくても達してしまいそうだ。

我慢汁が大量に溢れており、膣のなかで愛蜜とまざり合っているのがわかる。試しに少しだけペニスを押しこむと、ジュブブッという下品な音がして、太幹と膣口の隙間から透明な汁が溢れ出した。

「か、和哉さん……」

琴子がかすれた声で語りかけてくる。腰をもじつかせて、今にも泣き出しそうな瞳で見あげてきた。

「動いて……ください」

「で、でも……」

和哉は小声でつぶやくだけで動けない。ピストンすれば、すぐに達するのは目に見えていた。

「挿れただけなんて……お願いです」

琴子は仰向けの状態で腰を左右に揺らしはじめる。

ペニスを挿入されたことで、熟れた女体に火が着いたらしい。女壺はますます熱くなり、媚肉がトロトロに蕩けていた。

（や、やるしかない……）

和哉は気合を入れると、腰をゆっくり振りはじめる。

初体験のときは騎乗位だったので、沙也香にまかせっきりだった。だが、今は自分が主体になって動かなければならない。はじめての正常位で、慎重にペニスを出し入れした。

「あっ……あっ……」

琴子の唇が半開きになり、切れぎれの声が溢れ出す。感じてくれているのか、膣道のうねりが大きくなった。

「くぅッ……」

快感が襲いかかるが、覚悟はしていた。とっさに尻の筋肉に力をこめて、なんとか射精欲を抑えこむ。そして、スローペースのピストンを継続した。

「ああっ、も、もっと……」

琴子が両手を伸ばして、和哉の腰にそえてくる。

もっと激しい抽送《ちゅうそう》を欲しているらしい。和哉の腰の動きに合わせて、股間をしゃくりはじめた。

「そ、そんなことされたら……ううッ」

ペニスに伝わる快感が一気に大きくなる。女壺のなかも激しく波打ち、亀頭と太幹を絞りあげてきた。

「いじわるしないで、もっと動いてください」

どうやら、和哉が焦らしていると思っているらしい。琴子が甘い声でおねだりをして、さらに股間をしゃくってきた。

(よ、よし、こうなったら……)

和哉は額に滲んだ汗を手の甲で拭った。

いずれにせよ、すぐに限界が訪れる。それなら、最後に思いきり腰を振りたい。ぎこちなかったピストンも、ようやく慣れてきたところだ。上半身を伏せて密着すると、いよいよ本格的な抽送を開始した。

「こ、琴子さんっ、おおおおッ」

力強くペニスを抜き差しすると、とたんに強烈な快感が沸き起こる。濡れた膣襞を亀頭でかきわけてたたきこみ、引き出すときにはカリで膣壁を擦りあげた。

「あああッ、か、和哉さんっ」

琴子の喘ぎ声が大きくなり、和哉の背中にまわしこんだ手に力が入った。

「は、激しいっ、はあああッ」

ピストンに合わせて女体がうねり、結合部分から湿った音が響き渡る。女壺がこれでもかと締まって、ペニスをギリギリと絞りあげた。

「くおおおッ」

「あああッ、い、いいですっ」

女体のうねりが大きくなる。琴子は和哉の体にしがみつき、腰を震わせながら甘い声で悶え泣いた。

「ぬううううッ、き、気持ちいいっ」

たまらず大声をあげながら、腰を全力で打ちつける。ペニスを膣道の奥深くまで埋めこむと、ついに欲望を爆発させた。

「おおおおッ、で、出るっ、くおおおおおおおおおッ！」

女体を抱きしめて、首すじに顔を埋めていく。根元まで埋めこんだ太幹が激しく波打ち、大量のザーメンが高速で尿道を駆けくだる。先端から噴き出す感触が心地よくて、たまらず呻き声を振りまいた。

「はあああッ、い、いいっ、あああッ、あぁあああッ！」

膣奥に灼熱《しゃくねつ》の精液を注ぎこまれた衝撃で、琴子もよがり泣きを響かせる。女体が仰け反って硬直すると、直後にガクガクと激しく痙攣《けいれん》した。

琴子も絶頂に達したのかもしれない。夫以外の男に抱かれたというのに、女体の反応は凄まじい。両手両足で和哉の体にしがみつき、首すじに吸いつきながら、背中に爪を食いこませてきた。

「おおおッ……おおおおッ」

和哉はもう唸ることしかできない。

膣道が猛烈に収縮して、さらなる快感が押し寄せる。全身を震わせながら、人妻のなかで射精する背徳感に酔いしれた。

第三章　十九歳の秘密

1

翌朝、和哉が目を覚ましてリビングに向かうと、エプロンをつけた琴子がキッチンに立っていた。

「おはようございます」

顔を見るなり、琴子のほうから挨拶してくれる。

昨夜はセックスしたあと、なんとなく気まずくなった。そのため、和哉はそそくさと自室に戻り、なにも話をしていなかった。

「お、おはようございます……」

おどおどと視線をそらして挨拶を返す。

脳裏には琴子の裸体がよみがえっている。甘い喘ぎ声も、膣の熱い感触もしっかり覚えていた。

「昨日はありがとうございました」

琴子が律儀に頭をさげてくる。

「和哉さんのおかげで、少し心の整理がつきました」

意外な言葉だった。

気弱で清楚な印象だったので、昨夜のことを後悔しているのではと思っていた。ところが、表情はどこかすっきりしている。夫と同じように浮気をしたことで、心のバランスが取れたのかもしれない。

「本当にありがとうございました」

「い、いえ、俺は、なにも……」

和哉は困惑してつぶやいた。

礼を言われるようなことはしていない。気を使っていたのは最初だけで、最終的には欲望のままに腰を振りまくったのだ。

「でも……もう少し、ここに置いてもらえませんか？」

琴子が遠慮がちに尋ねてくる。自分も浮気をしたからといって、まだ夫を許す気持ちにはならないのだろう。

「もちろんです。どうせ部屋はあまってますから」

和哉が答えると、琴子はほっとしたような笑みを浮かべた。

「それに、昨日の約束もありますから」

「約束？」

「俺に料理を教えてくれるって約束をしたじゃないですか」

少なくともナポリタンは上手に作れるようになりたい。あの味を自分の手で再現したかった。

「あっ、そうでした」

琴子が楽しげに笑ってくれる。だから、和哉もつられて笑顔になった。

「俺、料理が苦手なんです。このさいだから、少し覚えようと思って。だから、しばらくいてくださいね」

「ありがとうございます。では、お言葉に甘えて、しばらくお世話になります。できるだけ、家事をお手伝いしますので、なにかあったら言ってください」

「いえいえ、助かりますけど、あまり気にしなくていいですよ」

「普通に毎日やっていたことですから、遠慮しないでください。もう朝食の準備はできていますよ」

今朝もご飯を作ってくれたらしい。先ほどから味噌汁のいい匂いがしていた。

食事の心配をしなくてすむのはありがたい。しかも、琴子の作る料理は、どれを食べてもおいしかった。

「じゃあ、お願いします」

和哉は席に着きながら、朝食の支度をする琴子を対面キッチンごしに眺めた。

(これもテレワークになったおかげだな)

心のなかでつぶやき、思わず苦笑が漏れる。

当初はテレワークになり、ひとりで気ままな生活が送れるつもりでいた。適当にさぼりながら仕事をするはずが、沙也香が来るようになって早々に予定が狂った。さらには琴子が寝泊まりするようになってしまった。

気ままな生活とはほど遠いが、これはこれで悪くない。意外なことに受け入れはじめている自分がいた。


午前八時四十五分、沙也香がやってきた。

「おはよう」

軽く声をかけながらリビングに入ってくる。

いつものダークグレーのスーツを着て、手にはノートパソコンの入ったバッグを持っていた。

和哉は食事を終えた直後で、琴子が入れてくれたコーヒーを食卓で飲んでいたところだ。

「お、おはようございます」

平静を装って挨拶するつもりが、声が微かに震えてしまった。

「どうかした？」

すかさず沙也香が声をかけてくる。

なにか疚《やま》しいところがあると感じたのかもしれない。まるで内心を見透かすように見つめてきた。

「ずいぶん眠そうな顔してるじゃない」

鋭い指摘にドキリとする。さすがにできる上司は違う。下手なことを言うと、すべてを見抜かれそうだ。

（ま、まずい……）

胸のうちに焦りがひろがっていく。

なにしろ昨夜、琴子とセックスしたのだ。彼女は抱いてくださいと言ったが、きっかけとなったのは和哉の勃起だった。そのことを沙也香が知ったら、どうなってしまうのだろうか。

「べ、別に、なにも……」

ごまかさなければと思うが、鋭い視線を向けられると緊張してしまう。またしても声が震えて、ますます不自然な感じになった。

「沙也香もコーヒー飲むでしょ？」

そのとき、対面キッチンに立っていた琴子が声をかけてきた。

「あっ、うん、いただこうかな」

沙也香が答えながらキッチンに歩み寄る。

「気分はどう？」

さりげないひと言だが、声音はどこまでもやさしい。沙也香は家出をしてきた友達のことを、いつも気にかけていた。

「旦那さんから連絡はあったの？」

「ううん……でも、だいぶ落ち着いてきたから」

カップにコーヒーを注ぎながら、琴子が柔らかい笑みを向ける。

「そう……それならいいけど」

沙也香はカップを受け取ると、和哉の斜め向かいの席に腰かけた。

「和哉さんが話し相手になってくれるから助かってるの。昨日も遅くまで愚痴を聞いてもらっちゃった」

琴子はそう言って、同意を求めるように和哉を見やる。沙也香もいっしょになって視線を送ってきた。

「え、ええ……そ、そうでしたね」

なんとか話を合わせる。すると、沙也香が納得したようにうなずいた。

「それで眠そうな顔をしてるのね」

どうやら信じてくれたらしい。コーヒーを飲む沙也香を見て、和哉は内心ほっと胸を撫でおろした。

琴子が助け船を出してくれなければ、沙也香の追及から逃れられなかった。昨夜のことは、琴子も知られたくないのだろう。友達の部下とセックスをしたのは気まずいに違いない。

(とりあえず、よかった)

安堵してコーヒーを飲んでいると、沙也香の視線に気がついた。

「高山くん……」

今度はなにを言われるのだろう。瞬間的に緊張感が高まり、思わず背すじをピンと伸ばした。

「は、はい」

「最近、仕事が早くなってきたじゃない。ミスも少ないし。高山くんの場合はテレワークが合ってるのかしら」

予想外の言葉だった。これは褒められていると思っていいのだろうか。

「係長に教えていただけるので、それがよかったのかもしれません」

調子に乗ると怒られそうなので、遠慮がちに返事をする。

実際、沙也香がマンツーマンで指導してくれているようなものだ。会社だと沙也香も忙しいので話しかけづらいが、家ならゆっくり教えてもらうことができる。そのおかげで疑問が出ても速《すみ》やかに解消できて、仕事がスムーズに進む。自然とスキルもアップしている気がした。

「でも、まだまだよ。がんばりなさい」

決して手放しでは褒めない。沙也香はそう言って和哉の気持ちを引きしめると、立ちあがってカップを琴子に返した。

「ごちそうさま。さて、九時になるわね」

たとえテレワークでも、時間はきっちりしている。沙也香は仕事場にしている寝室に向かった。

「よし、俺も――」

和哉も立ちあがってリビングをあとにする。そして、自室に入ってドアを閉めたとき、ポケットのなかのスマホが着信音を響かせた。

課長が抜き打ちチェックの電話をかけてきたのではないか。慌ててスマホを取り出して確認すると、画面には「父さん」と表示されていた。

（よかった……）

課長ではなくてほっとするが、これはこれで心配になる。めったに連絡などしてこないので、なにかあったのだろうか。

「もしもし、俺だけど」

椅子に腰かけながら、ボタンをスライドさせて電話に出た。

「おう、和哉か。父さんだ。元気でやってるか？」

久しぶりに聞く父親の声はどこか呑気《のんき》だ。急用ではないのだろうか。

「元気だよ。父さんと母さんのほうは？」

「東京にいたころより、ずっと元気だぞ。こっちは空気がきれいで、毎日、畑仕事で体を動かしてるから健康的だろ。飯もうまいし、夜はぐっすり眠れるし――」

「なんか、用があったんじゃないの？」

話が長くなりそうなので、父親の声を遮《さえぎ》った。

「ん？　ああっ、そうそう、例の件で電話したんだった」

「例の件って？」

苛立《いらだ》ちを抑えながら聞き返す。もうすぐ九時になるので、仕事をはじめないと沙也香に叱られそうだ。

「泉《いずみ》ちゃんだよ。今日、そっちに行くからよろしくな」

「えっ……」

父親の声を聞きながら、まずいことになったと思う。

以前、言われたことをすっかり忘れていた。親戚の小石川《こいしかわ》泉が、東京の有名予備校の夏期講習を受けるという。その間、彼女を預かることになっていたのだ。

「ちょっと待ってよ。そんなの困るよ。俺、家で仕事をしてるんだからさ」

和哉はなんとか断ろうとする。

今、姪《めい》が来るのは非常にまずい。なにしろ、人妻がふたりもいるのだ。しかも、琴子はこの家で寝泊まりしている。そんなところに姪が来たら、どう説明すればいいのだろうか。

「前から決まってたことじゃないか」

「状況が変わったんだよ。部屋もないしさ」

「なに言ってんだ。部屋なら、父さんたちの寝室があるだろ」

「うっ……」

思わず言葉につまってしまう。

まさか人妻が寝室に寝泊まりしているなどと言えるはずがない。もうひと部屋、六畳の洋室があるが、そこは物置状態になっていた。

「今日の午後に着くことになってるから、よろしく頼むぞ」

父親は念を押すと電話を切った。

泉は予備校に行くことが決まっている。今さら拒絶することなどできない。焦りながらも、了承するしかなかった。

「参ったな……」

スマホを握りしめて思わずつぶやいた。

泉は父親の弟の娘だ。今年、高校を卒業して、北陸地方にある実家で浪人生活を送っている。もう十九歳になったはずだ。

最後に会ったのは七年前、泉はまだ十二歳の小学六年生だった。夏休みに両親といっしょに遊びに行って、一週間ほど過ごしたのだ。

泉は和哉のことを「お兄ちゃん」と呼んで慕ってくれた。ひとりっ子なので、兄ができたようでうれしかったのかもしれない。和哉も姪っ子の泉を、妹のようにかわいがった。別れぎわ、泉が「帰らないで」と泣いて駄々をこねたときは困ったが、今となってはいい思い出だ。

(でも、思い出に浸ってる場合じゃないぞ)

午後になれば泉がここに来てしまう。

今さら沙也香と琴子に出ていけとは言えない。とにかく、姪が来ることを話しておかなければならない。そして、泉には事情を説明するしかないだろう。

人妻がふたりもいることを勘ぐられるかもしれない。実際、和哉はどちらともセックスしているのだ。そのことを絶対に悟られてはならない。沙也香と琴子は大丈夫だと思うが、和哉自身がいちばん危なかった。

(泉ちゃんが使う部屋も片づけないと……)

もう仕事をはじめる時間になっているが、部屋の片づけもすぐに取りかからないと間に合わない。

こうなったら、沙也香に話して許可をもらうしかないだろう。気は重いが、忘れていた自分の責任だ。とにかく時間がないので、意を決して沙也香が仕事をしている部屋に向かった。

「係長、お話があるんですけど」

ドアをノックして声をかける。

「入っていいわよ」

すぐに沙也香の声が返ってきた。

「失礼します」

恐るおそるドアを開けて寝室に入る。すると、沙也香はライティングデスクに向かっていた。

「深刻な顔してどうしたの?」

「じつは――」

事情を話すと、沙也香は怒ることなく最後まで聞いてくれた。

「それなら、急いで部屋を片づけましょう。わたしも手伝うわ」

「い、いえ、そういうわけには――」

「部屋を貸してもらってるんだもの。それくらい当然よ」

一応、迷惑をかけていると思っていたらしい。琴子にも声をかけて、部屋の片づけを手伝ってくれた。

おかげで、午前中のうちに六畳の洋室はすっかりきれいになった。これで、いつ泉が来ても迎え入れられる。あとは人妻がふたりもいることを、どう説明するかが問題だった。

2

午後二時すぎ、インターホンが鳴った。

和哉が急いで白室からリビングに向かうと、琴子がインターホンのモニターの前に立っていた。

「あっ、和哉さん。もしかして、姪御さんじゃないですか？」

　そう言われて、和哉も液晶画面をのぞきこんだ。

「あれ？」

　思わず疑問の声が溢れ出す。

　液晶画面には若い女性が映っているが、記憶のなかにある泉とは違っている。不思議に思いながらも、通話ボタンを押してみた。

「はい……」

　警戒しながら話しかける。

「あの、小石川ですけど……」

　画面のなかの女性が緊張ぎみに答えた。

「えっ、泉ちゃん？」

「お兄ちゃん？　泉ですっ」

　一気に声が明るくなる。和哉だと認識して、ほっとしたらしい。満面の笑みを浮かべると、記憶のなかの泉と重なった。

「ああ、よく来たね。今、開けるよ。エレベーターで三階まであがってきて」

　集合玄関の解錠ボタンを押すと、画面の隅に見えていたオートロックのガラス戸が開く。そして、泉が弾むような足取りで入ってきた。

「泉ちゃんが来ました」

隣に立っていた琴子に伝える。

しかし、記憶していた姿とずいぶん違う。よくよく考えてみれば、最後に会ったのは七年も前だ。十二歳の小学生が、十九歳になっているのだから変わっていて当然かもしれない。

「わたし、どうしていたらいいですか？」

琴子が不安げな表情で聞いてくる。どうやら掃除中だったらしく、手に雑巾を持っていた。

「俺が説明しますから、とりあえず普通にしててください」

そう言って玄関に向かう。解錠してドアを開けると、ちょうど泉が到着したところだった。

「お兄ちゃん、久しぶり」

声を直接聞くと、昔の記憶がよみがえってくる。大人っぽく成長しているが、姪の泉に間違いなかった。

白いノースリーブのワンピースに、淡いピンクのキャリーバッグを引いている。セミロングの黒髪は艶々しており、肌は透きとおるように白い。子供のころは小麦色に焼けていたが、今は美白になっていた。

「よ、よう……」

それ以上、言葉がつづかない。

子供のイメージしかなかったので、現在の泉の姿にとまどってしまう。純朴さは昔のまま、爽やかで愛らしい顔立ちになっている。東京ではあまり見かけないタイプの美少女だった。

「夏期講習の間、お世話になります」

泉があらたまった様子で頭をさげる。

元気いっぱいの小学生だった泉が、きちんと挨拶ができるようになっていた。和哉が東京に帰るとき、駄々をこねて泣いていたのは遠い昔の話だった。

「そ、そんなのいいよ。自分の家だと思って、自由に使っていいから」

和哉のほうが緊張している。いろいろ話すことを考えていたが、すっかり頭から飛んでしまった。

「とにかく、あがりなよ」

「はい。お邪魔します」

泉が白いスニーカーを脱いであがってくる。ストッキングも靴下も穿かず、素足というところに若さを感じた。

「荷物は俺が持っていくからいいよ」

和哉がキャリーバッグを受け取ると、泉はうれしそうに笑った。

「やっぱり、お兄ちゃんはやさしいね」

その笑顔があまりにも眩《まぶ》しくて、直視できなくなってしまう。顔が熱くなるのがわかり、和哉は慌てて視線をそらした。

「まっすぐ行ったところがリビングだから」

「はい」

泉はスキップするように廊下を歩いていく。そのあとを、和哉はキャリーバッグを持ってついていった。

「あっ……」

リビングのドアを開けたところで、泉が小さな声を漏らした。

「どうした？」

声をかけた直後、大切なことを思い出す。

まだ人妻がふたりいることを説明していなかった。泉のかわいさに圧倒されて、完全に頭から消し飛んでいた。

「こんにちは」

泉の肩ごしにリビングを見ると、窓を雑巾で拭いていた琴子が柔らかい笑みを浮かべて挨拶したところだった。

「こ、こんにちは……」

泉は小声で挨拶を返すと、困惑した顔で振り返る。先ほどまでの楽しそうな雰囲気ではなかった。

「お兄ちゃんの恋人？」

複雑な表情で尋ねてくる。和哉の顔を見つめる瞳は、どこか非難するような感じになっていた。

「い、いや、そうじゃなくて——」

「もしかして、結婚したの？」

「ち、違うよ。とりあえず、座ろうか」

和哉は泉をうながしてソファに座らせる。そして、自分も隣に腰をおろした。

「えっと、説明すると長くなるんだけど——」

どこから話せばいいのだろうか。とにかく、説明をはじめようとしたとき、リビングのドアが開いた。

「姪御さん、来たの？」

沙也香が入ってくるなり尋ねてくる。先ほどインターホンが鳴ったので、気になっていたのだろう。

「えっ……だ、誰？」

泉が驚きの声をあげた。

　ふたり目の女性が現れたことで、ますます困惑している。琴子と沙也香を交互に見やり、怯えたような顔になっていた。

「高山くん、説明してないの？」

　沙也香が呆れたように声をかけてくる。

「い、今、説明しようと思ってたところなんです」

　和哉はそう言ってから、あらためて泉と向き合った。

「驚かせてごめんね。俺がテレワークになったことは知ってるかな？」

「うん、伯父さんから聞いてるけど……」

　泉が小声でつぶやく。

　彼女が言う「伯父さん」というのは、和哉の父親のことだ。和哉がテレワークになり、日中も家にいることは父親を通して伝わっていた。しかし、女性がふたりもいることを知るはずがない。

　和哉はまず沙也香と琴子を紹介すると、ふたりがここにいる経緯を説明した。

　沙也香は上司で、昼間だけ仕事場として通っている。しかし、琴子は家出をしてきた人妻で、しかも寝泊まりしているのだ。泉は怪訝《けげん》な顔をするが、必死に説明すると、なんとか納得してくれた。

「なんにも疚しいことはないいんだけど、一応、父さんたちには内緒にしておいてくれないかな」

本当はふたりとセックスしているが、そのことはもちろん秘密だ。

とにかく、人妻がふたりもいることは、親に知られるわけにいかない。なにもない
と言い張っても、勘ぐられるに決まっていた。

「疚しいことがないなら、話してもいいんじゃないの？」

「い、いや、誤解されたら困るからさ」

「ふうん……わかった」

泉はうなずいてくれるが、今ひとつ不満げだった。

「泉ちゃんは予備校に通うんですってね」

沙也香がにこやかに語りかける。彼女なりに距離を縮めようと思っているのかもしれない。やさしげな表情になっていた。

「はい、経営学部に進みたいんです。東京の予備校のほうが刺激になると思って、夏期講習を受けに来ました」

泉の受け答えは、はきはきしている。

聞いた話だと、泉は中学高校と成績は常にトップクラスだったらしい。だが、大学受験は緊張して失敗した。滑りどめには受かったが、第一志望の大学に落ちたため、悩んだすえに浪人することを選んだという。

「将来、なにかやりたいことがあるんですか？」

今度は琴子が質問する。普段からやさしい話し方なのに、さらに柔らかい口調になっていた。

「経営者になりたいんです。具体的に決まっているわけではないのですが、いつか自分の会社を持ちたいと思っています」

泉は背もたれに寄りかからず、背すじを伸ばしてソファに座っている。まじめに語る横顔が頼もしく感じられた。

（そこまで考えて受験勉強してるんだな……）

和哉は感心しながら、姪っ子と人妻たちのやり取りを見つめていた。

自分が大学受験をしたときは、将来のことなどほとんど考えていなかった。大学に受かりさえすれば、学部はどこでもいいと思っていた。

「泉ちゃん、偉いわね」

「本当にすごいですね」

沙也香と琴子に褒められて、泉は照れ笑いを浮かべている。とにかく、ふたりのおかげで雰囲気がよくなった。

「とりあえず、部屋に案内するよ」

和哉はキャリーバッグを持って立ちあがる。リビングを出ると、泉は黙って後ろをついてきた。

「ここが泉ちゃんの部屋だよ。自由に使っていいから」

部屋に入り、キャリーバッグを壁ぎわに置く。

六畳の洋室は、三人がかりで片づけたのできれいになっている。とはいっても、物置状態だったので殺風景だ。使っていなかったテーブルと、押し入れから引っ張り出した布団一式があるだけだった。ベッドはないので、フローリングの床に布団を敷いて寝てもらうことになる。

「ありがとう……」

礼を言ってくれるが、泉は唇を少しとがらせた。

「なんか、ごめんね。でも、ふたりともいい人だから」

何度もしつこいかと思ったが、最後にもう一度だけ謝っておく。驚かせてしまったのは事実だった。

「いい人たちだっていうのはわかったけど……お兄ちゃんとふたりきりだと思ってたから……」

泉がぽつりとつぶやいた。

その声が残念そうに聞こえたのは気のせいだろうか。いや、ひとりっ子の泉は、和哉のことを兄のように慕っていた。それ以上でも以下でもない。とくに深い意味などあるはずがなかった。

かくして、和哉と女三人の奇妙な共同生活がはじまった。

3

泉が来てから四日が経っていた。

毎朝、泉は予備校に行き、夜までみっちり勉強して帰ってくる。琴子が作ってくれた晩ご飯を食べると、また部屋で勉強しているようだ。これほど真剣にやっているのだから、来年は第一志望に合格させてやりたかった。

そんな姪っ子に刺激を受けて、和哉の仕事に取り組む姿勢も変わってきた。かつて自分を慕ってくれた泉の前で、みっともない姿は見せたくなかった。

女性たちとの共同生活は華やかだが、困ったこともある。

風呂あがりに裸でウロウロできなくなったし、女性たちが入浴しているときは洗面所を使えない。最初のころは不用意に手を洗いにいって、風呂あがりの琴子と鉢合わせしたこともあった。

故意ではなかったが、あとで平謝りする羽目になったのは言うまでもない。

しかし、湯に濡れた女体は、目にしっかり焼きついている。熟れた白い肌は、濡れたことで色気が増していた。

（もし、あれが泉ちゃんだったら……）

ついそんなことを考えてしまう。

慌てて頭を左右に振るが、いったん火が着いた妄想は収まらない。子供だと思っていた姪は、すっかり大人っぽくなっていた。

純朴そうな泉が、どんな身体をしているのか見てみたい。沙也香や琴子の熟れた女体とは異なる魅力があるのではないか。乳房はそれほど大きくなさそうだ。乳首はどんな色をしているのだろうか。そんなことを想像していると、ペニスがムズムズしてしまう。

（な、なにを考えてるんだ……）

心のなかで自分を戒めて、なんとか妄想を振り払った。

この日も、和哉は朝から自室でパソコンに向かっている。沙也香もいつもどおり来て、寝室にこもって仕事をしていた。泉は予備校に行っており、琴子はスーパーのパートだった。

集中力を取り戻して仕事をしていると、いつの間にか昼になっていた。

なにか食べようと思ってリビングに向かう。琴子がいないので、昼食は自分で用意しなければならない。コンビニに行くのは面倒なので、買い置きのカップラーメンで簡単にすませた。

午後の仕事は少し眠くなった。

食事を摂《と》ると、どうしても睡魔が襲ってくる。それでも、なんとかさぼらずにがんばった。

（ああっ、疲れた……）

椅子の背もたれに寄りかかって伸びをする。

ふと時計を見やると、午後四時になるところだった。一服しようとリビングに向かう。コーヒーでも飲んで目を覚ますつもりだ。キッチンに入って、やかんを火にかけようとしたときだった。

「まったく……頭にくるわ」

沙也香が独りごとをつぶやきながらリビングにやってきた。なにがあったのか知らないが、不機嫌なのはひと目でわかった。

（なんか、やばそうだな……）

和哉はコーヒーをあきらめて、急いで自室に戻ろうとする。この場にいるのは、なんとなく気まずかった。

ところが、和哉が逃げるよりも早く、沙也香がキッチンに入ってきた。

目の前に立たれて、出られなくなってしまう。和哉がいるとわかっているのに、沙也香は避けようとしない。それどころか、冷蔵庫から缶ビールを取り出すと、いきなりプルタブを引いた。

プシュッ――。

まっ昼間には聞くことのない音が響き渡った。

「えっ……」

思わず小さな声が漏れてしまう。

和哉は目をまるくして固まってしまう。その前で、沙也香は立ったまま缶ビールをグビグビ飲んだ。

(な、なにしてるんだ?)

一瞬、なにが起きているのか理解できなかった。

沙也香はまじめで、社内での評価も高い。上司からも部下からも信頼されている係長だ。そんな沙也香が、まだ就業時間中なのにビールを飲んでいる。いったい、なにがあったのだろうか。

「なに見てるのよ」

沙也香がジロリッと見つめてくる。目つきが鋭くなっており、なにかに苛立っているのは明らかだった。

「い、いえ……さ、さてと、仕事に戻ろうかな……」

とにかく、この場を離れたほうがいい。そう思って、沙也香の横を通りすぎようとする。

「ちょっと待ちなさい」

そのとき、鋭い声がキッチンに響いた。

「あなたも飲みなさいよ」

沙也香が缶ビールをぐっと差し出してくる。反射的に受け取ってしまうが、この時間に飲むのはまずい気がした。

「ま、まだ仕事中ですから……」

「上司の命令が聞けないっていうの？」

沙也香の目つきが、ますます鋭さを増していく。

「そ、そういうわけでは……あの、なにかあったんですか？」

仕方なく問いかける。聞くと面倒なことになる気がしたので、できれば質問したくなかった。

「ちょっとミスしたのよ。経費の計算をして、それ自体は合っていたんだけど、最後に反映させるのを忘れてしまったの」

そこまで話して、沙也香は冷蔵庫からもう一本、缶ビールを取り出した。当たり前のようにプルタブを引き、喉に流しこんでいく。

「それを課長が見つけて、さっき電話でネチネチ嫌みを言われたってわけ」

「修正が間に合わなかったんですね」

「間に合ったわよ」

「えっ、それなら問題ないじゃないですか」

つい軽々しく言ってしまう。

和哉の場合は、細かなミスをしても沙也香がフォローしてくれる。これまで、何度も致命的なミスをカバーしてもらったので、大きな問題に発展したことは一度もなかった。だが、係長の沙也香はそういうわけにはいかない。ミスをすれば、それをチェックするのは課長だった。

課長の武田は説教が長く、みんなから嫌われている。なにかあれば、指導という名の嫌みを延々と言われることになるのだ。

「午後になって今までずっとよ。ミスしたのはわたしだから仕方ないけど、同じことをくどくど、くどくど……おかげでなんにも仕事が進まなかったわ」

かなり苛ついている。これほど荒れている沙也香はめずらしい。

「課長はしつこいですからね……」

「でしょ。これが飲まずにやってられる？」

沙也香はビールをグイグイ飲んでいる。こうなったら、つき合わないわけにはいかないだろう。和哉も缶ビールに口をつけた。

会社の話をしながら、ふたりで飲んだ。係長ともなると、いろいろあるらしい。話題はつきなかった。

しばらくして、沙也香がおもむろに語りかけてきた。

「ところで、高山くん」

沙也香はキッチンに寄りかかりながら、じっと見つめてくる。

「あなた……琴子としたでしょ」

唐突に言われて、ビールを噴き出しそうになった。

「なっ、ど、どうして……ま、まさか、琴子さんが？」

ばれているとは思いもしない。しどろもどろになりながら、懸命に言いわけを考える。すると、沙也香がまたしてもビールを飲んで、小さく息を吐き出した。

「やっぱり……」

そのひと言で理解する。

どうやら、鎌をかけられたらしい。慌てふためく和哉の態度を見て、琴子とセックスしたことがばれてしまった。

（ま、まずい……まずいぞ）

怒られることを覚悟する。

女上司の親友とセックスしてしまったのだ。課長への怒りが、そのまま和哉に向いてもおかしくない。ところが、沙也香の口調は意外にも穏やかだった。

「あれだけ動揺してた琴子が急に落ち着いたから、おかしいと思ったのよ。まあ、女の勘ね」

そうつぶやく沙也香の顔は、うっすら桜色に染まっていた。

「それで、どっちがよかったの？」

「は、はい？」

一瞬、質問の意味がわからず聞き返す。いや、わかったのだが、自分の勘違いだと思いたかった。

「わたしと琴子、どっちのほうが気持ちよかったの？」

沙也香の瞳はしっとり潤んでいる。答えないと許されない雰囲気だ。しかし、どちらがよかったと決められるものではなかった。

「ど、どっちもよかったです」

あやふやに答えるしかない。すると、沙也香がすっと身体を寄せてくる。白いブラウスを押しあげている乳房、和哉の腕にプニュッと密着した。

「どっちがよかったか決められないの？」

耳もとでささやかれて、ゾクゾクする感触がひろがった。

それだけでペニスが反応しそうになり、あわてて気持ちを引きしめる。そんな和哉の動揺を見抜いているのか、沙也香は密着したまま顔をのぞきこんできた。

「じゃあ、もう一回、試してみる？」

冗談を言っている瞳ではなかった。

そのとき思い出す。沙也香は酒が入ると淫らな気分になるらしい。ハイピッチでビールを飲んだので、早くも高揚しているに違いなかった。

「ねえ、高山くんのお部屋に行きましょう」

耳たぶを甘噛みされて、熱い息を吹きこまれる。和哉は甘い誘惑に抗うことができず、ガクガクとうなずいた。

4

「琴子とはどうやったの？」

和哉の部屋に入るなり、沙也香にワイシャツを脱がされた。

スラックスもおろされて、すでにボクサーブリーフ一枚になっている。廊下を歩いているうちに期待がふくれあがり、ペニスが屹立していた。

「こんなに大きくして」

布地ごしに太幹を軽く握られる。たったそれだけで、先端からカウパー汁が溢れ出すのがわかった。

「ううっ……」

「ねえ、琴子と同じようにして」

「わ、わかりました」

男根をゆるゆるとしごかれたら逆らえない。和哉は為《な》す術《すべ》もなく了承するしかなかった。

沙也香が自分でブラウスを脱ぎはじめる。

ボタンを上から順に外し、ゆっくり腕から抜き取った。大人っぽい黒のブラジャーが大きな乳房を包んでいる。さらにタイトスカートとストッキングをおろして、ブラジャーとおそろいのパンティが貼りついた股間が現れた。

「この間も見たでしょ……」

沙也香はそう言って、凝視している和哉を甘くにらんでくる。

だが、その一方で、自分の身体で男が欲情することに興奮しているらしい。内腿をもじもじと擦り合わせて、息遣いも荒くなっていた。

両手を背中にまわすと、ブラジャーのホックをはずす。カップの下から大きな乳房がまろび出た。すでに紅色の乳首は硬くなっている。乳輪までドーム状にふくらんでいるのが卑猥だった。

パンティもおろして、逆三角形の陰毛が露《あらわ》になる。股間を隠そうとして内股ぎみになっているのが、よけいに牡《おす》の劣情を煽《あお》り立てた。

（俺の部屋で、係長が……）

信じられないことが現実になっている。

自室というプライベートの空間で、美人上司が一糸纏《まと》わぬ姿になったのだ。ペニスはますます硬くなり、臍に着きそうなほど反り返った。

「相変わらず、すごいのね」

沙也香が濡れた瞳でペニスを見つめてつぶやいた。

ゆっくり歩み寄り、正面から裸体を密着させてくる。乳房を胸板に押しつけて、下腹部で屹立したペニスを圧迫した。

「か、係長っ」

たまらず女体に手をまわす。しっかり抱きしめると、いきなり唇を奪った。

「ンンっ……高山くん」

沙也香が甘い声で呼んでくれるから、和哉の気持ちはますます盛りあがる。勢いのまま、舌を彼女の口内にねじこんだ。

すぐに沙也香も舌をからめてくれる。ディープキスで互いの口内を貪るように舐めまわし、唾液をたっぷり味わった。

「も、もう、挿《い》れたいです」

二度目なので素直に欲望を口にできる。キスの合間にささやけば、沙也香はペニスを握ってしごきはじめた。

「琴子のときも、こんなにすぐ挿れたの？」

「そ、それは……」

「これをわたしのなかに挿れたいのね？」

「そ、そうです、挿れたいですっ」

切羽つまった声で訴える。

すでにカウパー汁が大量に溢れており、彼女の指まで濡らしていた。しごかれるたびにヌルヌル滑り、快感の波が次々と押し寄せてくる。

「そ、そんなにされたら……ううッ」

「じゃあ、こっちに来て」

ペニスを握ったまま、ベッドへと導かれた。

「琴子はどんな格好をしたの？」

「あ、仰向けに……」

和哉がつぶやくと、沙也香はベッドの上で仰向けになる。そして、濡れた瞳で見あげてきた。

「こうね……高山くん、来て」

美麗な係長が甘い声で誘ってくる。彼女自身も高まっているのだろう。内腿をしきりに擦り合わせて、大きな乳房を揺らしていた。

和哉の欲望は最高潮に昂《たかぶ》っている。もう挿入することしか考えられず、いきなり女体に覆いかぶさっていく。彼女の膝を割って内腿を開けば、濡れそぼった濃い紅色の女陰が露になった。

愛蜜でぐっしょり濡れた二枚の花弁が、まるで新鮮な赤貝のように蠢いている。彼女も男根を欲しているのは間違いない。

（い、挿れたい……）

気持ちがはやり、さらなる先走り液が溢れ出す。右手で太幹をつかむと、亀頭を女陰に押し当てた。

正常位は琴子と経験している。膣口の場所はだいたい把握していた。恥裂に沿って亀頭を少し動かせば、わずかに沈みこむ場所があった。そこで腰を押し出して、亀頭をめりこませる。

「ああああッ、やっぱり大きい」

沙也香の唇から甲高《かんだか》い声が溢れ出す。

亀頭には熱い媚肉がからみついている。さらにペニスを押し進めて、一気に根元まで挿入した。

(や、やった……入ったぞ)

上手くいった感動とともに、快楽の波が押し寄せてくる。濡れた膣襞が肉棒にからみつき、しゃぶりつくすように這いまわってきた。

「くううッ」

こらえきれない呻き声が漏れてしまう。それでも、尻の筋肉に力をこめて快感を抑えこみながら、さっそく腰を振りはじめた。

「ああッ、そんなに慌てないで」

沙也香が声をかけてくるが、もう腰の動きをとめることはできない。快感がふくれあがるのに合わせて、抽送速度もあがっていく。

ざわめく膣襞のなかを、硬直した肉棒でかきまわす。ズボズボと抜き差しするほどに女体の反応が大きくなり、膣道全体がうねるように蠕動する。締めつけも強くなって、ペニスに受ける快感が爆発的にふくれあがった。

「うむッ、す、すごいっ」

全身の毛穴が開き、大量の汗が噴き出した。

このままだと、あっという間に達してしまう。少しでも長持ちさせようと、気を紛らわせるために乳房を揉みあげる。たっぷりしたふくらみに指をめりこませて、熟れた柔肉をこねまわした。

「あンっ、高山くん、上手になったじゃない」

沙也香はそうつぶやくが、まだまだ余裕がありそうだ。それならばと、和哉は充血した乳首を指先で摘まみあげた。

「はあンッ」

女体がビクンッと反応して、喘ぎ声が大きくなる。コリコリの乳首を人さし指と親指で挟んで、こよりを作るように転がした。

「ああッ、そ、そこは……ああンっ」

全身が敏感になっているのかもしれない。沙也香の唇から、甘い声がひっきりなしに溢れ出す。もちろん、その間もピストンは緩めない。長大な肉棒を出し入れすることで、股間から湿った蜜音が響いていた。

「おおッ、か、係長っ」

ペニスにからみついてくる膣襞の感触がたまらない。柔らかいのに締めつけは強烈で、蕩《とろ》けるような快楽を生み出している。もっと味わいたくて、自然と腰の動きが加速してしまう。

「ああッ、激しいわ」

「き、気持ちいいっ、くううッ」

沙也香が喘いでくれるから、ますます興奮が高まっていく。

もうピストンを緩めることなど考えられない。より大きな快楽を求めて、力強く男根を抜き差しする。我慢汁と愛蜜がまざり合って最高の潤滑油となり、愉悦がどこまでも大きくなっていく。

（や、やばい、気持ちよすぎて……）

遠くに絶頂の波が見えたと思ったら、怒濤《どとう》の勢いで押し寄せてきた。

「おおおッ……おおおおッ」

欲望にまかせて腰を振りまくる。いきり勃《た》ったペニスを女壺の奥までたたきこみ、カリで膣襞を擦りあげた。

「あああッ、い、いいっ、はあああッ」

沙也香が両手でシーツを握りしめる。女体がブリッジするように仰け反り、膣の締まりが強くなった。

「くおおおッ、も、もうっ……か、係長っ」

これ以上は我慢できない。太幹を猛烈に締めつけられて、いよいよ射精欲が限界を突破した。

「で、出ますっ、おおおおッ、ぬおおおおおおおおッ！」

ペニスを根元まで埋めこみ、股間と股間を密着させる。亀頭が深い場所まで到達して、膣襞が意志を持った生き物のようにうねりだす。射精をうながすように、膣襞が肉棒の根元から先端に向けて這いまわった。

「あああッ、わ、わたしも、あああッ、はあああああああッ！」

沙也香も絶叫に似たよがり泣きを振りまいた。仰け反った女体が痙攣して、下腹部が艶《なま》めかしく波打った。

どうやら、沙也香も絶頂に達したらしい。膣のなかは熱く潤み、ペニスを締めつけつづけていた。

和哉は奥までつながったまま、女体をしっかり抱きしめる。沙也香も下から腕をまわして、背中を抱いてくれる。こうして密着することで、絶頂感がより深いものになる気がした。

5

二日後の土曜日、沙也香と琴子が旅行に出かけた。

琴子はだいぶ元気になったように見えたが、ひとりになると塞《ふさ》ぎこんでしまうらしい。夫は浮気をしたうえに開き直ったのだ。琴子が家出をしたのに、いまだにいっさい連絡を寄こさないという。琴子が心に受けた傷は深かった。

そんな琴子を気遣って、沙也香が一泊旅行に誘ったのだ。

沙也香は勝ち気な性格だが、心やさしい女性でもある。姐御肌的なところがあり、会社でも部下たちから慕われている。仕事の覚えが悪かった和哉のことも、根気強く指導してくれた。

そんな沙也香だから、琴子のことが心配でならないのだろう。今日は朝から出かけて、女ふたりで温泉旅館に一泊するらしい。琴子が少しでも気分転換できて元気になることを、和哉も心から願っていた。

そういう事情があり、今夜は和哉と泉のふたりきりだった。

先ほど、泉が予備校から帰ってきて夕飯を食べているところだ。食事は和哉が用意した。とはいっても、ご飯は炊いたが、あとはスーパーで買ってきた惣菜を電子レンジで温めただけだった。

「こんな物しかなくて悪いね」

和哉は申しわけなくなり、ぽつりとつぶやいた。

食卓に並んでいるのは、唐揚げ、コロッケ、ハンバーグ、それにカップ味噌汁と白いご飯だ。せめてサラダでも買ってくるべきだった。

「なんで謝るの？」

向かいの席に座っている泉はきょとんとしている。気を使っているのか、それとも食にこだわりがないのだろうか。

「だって、茶色いものばっかりだろ。これじゃあ、野菜不足だよ」

「へえ、ちゃんと健康に気を使ってるんだ。なんか意外」

泉はにこにこしながらコロッケを囓っている。やはり、なにも考えていないのかもしれない。

「普段は気にしてないけど、今は泉ちゃんがいるからね」

「わたしのこと、考えてくれてるの？」

「当たり前じゃないか。俺は泉ちゃんを預かってるんだから」

自分ひとりならカップラーメンやコンビニ弁当で構わないが、泉がいるならそういうわけにはいかなかった。

「受験勉強をしに来たんだから、健康にも気をつけないと」

「お兄ちゃんといっしょなら、なんでもおいしいよ」

「いや、だから、そういうことじゃなくて――」

泉は笑みを絶やさない。愛らしい瞳を向けられると、むきになって話しているのが馬鹿らしくなってきた。

「まあ、いいか……このコロッケ、うまいな」

和哉がコロッケを頬張ると、泉は無邪気な笑みを浮かべる。

考えてみれば、ふたりきりで食事をするのはこれがはじめてだ。気のせいか、今夜の泉はいつもより伸び伸びして見えた。

「なんか、楽しそうだな」

「うん、楽しいよ」

泉は即答すると、和哉の顔をじっと見つめてくる。

「お兄ちゃんは？」

声のトーンが変わった気がした。いつもの泉ではない。一瞬、気を取られて、和哉は言葉につまってしまった。

「わたしといて、楽しい？」

先ほどまでの笑みが消えて、真剣な表情になっていた。

「あ、ああ……楽しいよ」

なんとか言葉を絞り出すが、泉はどこか不満げな顔をしている。いったい、どうしたというのだろうか。

「お兄ちゃん、ぜんぜんわかってないよ。わたし、ここに来るの、すごく楽しみにしてたんだよ」

泉は箸を置くと、決して視線をそらすことなく話しつづける。

「それなのに、女の人がふたりもいて驚いちゃった。お兄ちゃんとふたりきりだと思ってたから、ちょっと残念だったよ」

「そ、そのことは、悪かった……」

気圧《けお》されて小声で謝罪する。

泉が来ることを失念していたのは事実だ。和哉も箸を置き、食卓に両手をついて頭をさげた。

その様子を泉は黙って見ている。今ひとつ、なにを考えているのかわからない。先ほどまでの楽しい雰囲気はどこにいってしまったのだろう。なにやら怒られているような気分になってきた。

「わたしね……」

しばらくして、再び泉が口を開いた。

「小さいころ、お兄ちゃんのことが好きだったの」

突然の告白にドキリとする。

驚きのあまり、言葉を失ってしまう。だが、すぐに彼女が「小さいころ」と言ったことに気がついた。

「びっくりさせるなよ。昔の話だろ。小学生のころ、泉ちゃんはいつも俺にくっついて歩いてたからな」

昔のことを思い出して、笑みが漏れる。

小学生だった泉は、和哉に遊んでほしくて離れなかった。そんな泉のことが、和哉もかわいくて仕方なかった。ねだられるまま、裏山に虫を捕りに行ったり、川に遊びに行ったりした。

「最後に会ったときも、一日中、遊んでたよね。子供って、相手をしてくれる相手なら誰でも好きになるんだよ。そういえば、あのころの泉ちゃん、外でよく遊ぶから日に焼けてたよなぁ」

思わず声に出して笑うと、いきなり泉が立ちあがった。

椅子がずれて、ガタッと大きな音が鳴る。なにやら普通ではない雰囲気で、食卓をまわりこんできた。

「もう、子供じゃないよ」

泉は座っている和哉のすぐ横に来て、怒りを滲ませた瞳で見つめてくる。かわいい姪のこんな表情を見るのは、これがはじめてだ。

「この間……見ちゃったの」

そう言ったきり、泉は下唇を嚙んで黙りこんでしまう。

いったい、なにを見たというのだろうか。次の言葉を待つが、それきり話そうとしない。和哉は我慢できずに口を開いた。

「見たって、なにを？」

「あの日は朝から具合が悪かったの……やっとこっちの生活に慣れてきたころで、逆に疲れが出たのかもしれない」

泉が小声で話しはじめる。

さっぱりわからないが、とりあえず口を挟まないほうがいいだろう。和哉は黙ったまま、隣に立つ姪の顔を見あげていた。

「結局、お腹が痛くて、予備校を早退したの。ここに着いたのは、夕方の五時前だった。お兄ちゃんたち、まだお仕事中だと思ったから、鍵を使って入ったの」

泉には合鍵を渡してある。

普段、予備校から帰ってくるのは夜七時くらいだ。いつもはインターホンを鳴らしているが、その日は合鍵で入ったという。

いやな予感がこみあげる。

それは、いつのことだろうか。いつも夕方五時に仕事を終えると、まずリビングに向かう。だが、泉が先に帰宅していたことなどなかった。

「一昨日の夕方だよ」

「ちょ、ちょっと待って……」

一昨日といえば、和哉と沙也香が二度目のセックスをした日だ。しかし、泉はいつもどおり、七時すぎに帰宅したのではなかったか。

「お兄ちゃんの部屋から、女の人の声が聞こえたの。おかしいと思って、そっとのぞいたら、沙也香さんがいた。ふたりとも裸だった……」

泉の口から核心に触れる言葉が紡がれる。

和哉は目眩《めまい》を覚えて、もうなにも言うことができなくなってしまう。まさか、泉に見られていたとは思いもしなかった。

「わたし、すぐ外に出たの。だって、お兄ちゃんがあんなことを……」

セックスの現場を目撃してショックを受けたに違いない。泉の顔はまっ赤に染まっていた。

その後は、いったん外に出て、時間をつぶしてから普段どおりに帰宅したという。だが、やはり黙っていられなかったらしい。

「お兄ちゃん、あの人とつき合ってるの？　でも、沙也香さんって、結婚してるんだよね？」

問いつめるような言い方になっている。

ここは正直に答えた方がいい。下手にごまかそうとすれば、あとで面倒なことになるのは目に見えていた。

「つ、つき合ってるわけじゃないんだ……」

「じゃあ、不倫してるの？」

姪の口から不倫という言葉が出て、胸が苦しくなる。そんな言葉を言わせているのは自分だった。

「不倫っていうか……一度だけの、っていうか……」

本当は二度目だが、そこまで打ち明ける必要はないだろう。あやふやな言い方になると、泉は小さなため息を漏らした。

「遊びなんだね」

その言葉が胸に突き刺さった。

軽蔑されただろうか。だが、遊びと言われれば、そうなのかもしれない。和哉も沙也香もつき合う気などまったくないのだ。泉の目には不潔なものとして映ったに違いなかった。

「いやなところを見せちゃって――」

「わたしも、お兄ちゃんとしたい」

謝ろうとした和哉の言葉は、泉の声に遮られた。

「え？」

自分の耳を疑うが、潤んだ瞳で見つめてくる。高揚した表情から、彼女の気持ちが伝わってきた。

目の前に立っている姪が、急に艶めかしく見えてくる。

今日は白い半袖のブラウスに、レモンイエローのフレアスカートを穿いている。乳房の適度なふくらみと、スカートの裾から伸びている生脚に視線が向いた。なにより初雪を思わせる肌の白さが眩しい。

会わなかった七年の間に、泉は清楚を絵に描いたような女性に成長していた。かわいい姪に求められて、理性がグラリと揺れてしまう。もちろん、いやな気持ちは微塵もなかった。

「ほ、本気で言ってるの？」

「だって、あの人とは遊びでセックスできるんでしょ。だったら、わたしもお兄ちゃんとセックスしたいよ」

まさか、泉がそんなことを言うとは驚きだ。

もしかしたら、早く処女を捨てたいと思っているのかもしれない。早く大人の女になりたいと背伸びしているのではないか。

できることなら、はじめては好きな男性に捧げてほしい。だが、今のままだと焦るあまり、悪い男に引っかかるのではないか。

（それなら、俺が……）

はじめての男になったほうがいい。

　これは泉のためだ。いや、それは違う。いろいろ理屈をこねたが、結局、単純にかわいい姪とセックスしたいだけだ。

　だが、和哉は返事をするのをためらった。

　泉は処女なのだから、和哉がリードしてあげないといけない。まだ三回しか経験がない自分に、上手くできるだろうか。

「お兄ちゃん……ダメ？」

　泉が肩に触れてくる。Tシャツの上から甘えるように撫でられて、突き放すことはできなかった。

「わ、わかった……」

　意を決して立ちあがると、泉の手を取ってソファに移動した。

6

　ふたりはソファにならんで腰かけた。

「泉ちゃん……」

　和哉は左手を姪の肩にまわすと、そっと抱き寄せる。すると、泉は緊張しているのか身体をこわばらせた。

「大丈夫だよ。俺にまかせて……」

落ち着いているふりをするが、内心はドキドキしている。

だが、ここはリードしてあげなければならない。和哉が焦れば、経験のない泉は不安になってしまうだろう。

「怖くないからね」

顔を近づけると、それだけで泉はまっ赤になってうつむいた。

小さな顎に指をかけて、顔をそっと持ちあげる。至近距離で見つめ合うと、胸の鼓動が速くなった。

泉が目を閉じたので、唇を恐るおそる重ねていく。姪の唇に触れたとたん、興奮が全身を駆けめぐる。十九歳の唇はさくらんぼのようにプルンッとしているのに、溶けそうなほど柔らかかった。

(い、泉ちゃんと、キスしてるんだ)

一気に欲望が高まるが、相手はまだ二十歳《はたち》前のまじめな予備校生だ。ここは自分が慎重にリードしなければならない。ディープキスしたいのをこらえて、ブラウスの上から乳房にそっと触れてみた。

「あっ……」

泉の唇から恥じらいの声が漏れる。もう視線を合わせていられないのか、顔をうつむかせてしまう。

そんな初々《ういうい》しい仕草が、ますます和哉を興奮させた。

ブラウスのボタンをはずしていくと、淡いピンクのブラジャーが見えてくる。ほどよいサイズの乳房を、かわいらしいレースがあしらわれたカップが、そっと包みこんでいた。

ブラウスを脱がすと、今度はスカートをおろしにかかる。泉は耳まで赤く染めながらも、尻を浮かせて協力してくれた。つま先から抜き取れば、ブラジャーとセットのパンティが股間を覆っていた。

「は、恥ずかしいよ」

泉がかすれた声で訴える。そんな声も、和哉を興奮させる材料になってしまう。すでに、短パンの股間がパンパンに張りつめていた。

「だ、大丈夫。すごく、かわいいよ」

緊張を解いてあげたくて、耳もとでささやきかける。しかし、和哉の声は情けなく震えてしまった。

(緊張してるのは、俺のほうだな……)

思わず苦笑が漏れる。

とにかく、焦らないことだ。愛撫でたっぷり濡らしてあげれば、はじめての痛みが軽減するのではないか。沙也香のときのように、欲望にまかせて腰を振りまくるようなことは絶対に避けなければならない。

（よ、よし……）

泉の背中に手をまわすと、震える指先でブラジャーのホックをはずす。そして、肩紐をゆっくりずらして慎重に取り去った。

「あっ……」

泉が小さな声を漏らして、自分の胸を抱きしめる。

だが、腕で隠れる前に、はっきり見えた。大きすぎず小さすぎず、清らかさと色っぽさが同居している乳房だ。乳首は小さくて愛らしく、いかにも清純そうな薄ピンクだった。

（い、泉ちゃんの……お、おっぱい……）

頭のなかがカッと燃えあがる。

この状況で興奮しないはずがない。今すぐ押し倒したい衝動に襲われるが、なんとかこらえて彼女の腕を胸から引き剝がす。そして、露になった乳房に、右手をそっと重ねていった。

手のひらに柔らかい乳首が触れている。指を恐るおそる曲げて、柔肉をできるだけやさしく揉みあげた。

「あンっ……」

泉の唇から遠慮がちな声が漏れる。

乳房はちょうど片手で収まる適度なサイズだ。瑞々《みずみず》しくて張りがあるのに、溶けてしまいそうなほど柔らかい。手のひらで乳首をそっと転がせば、女体に微かな震えが走り抜けた。

「い、痛かった？」

不安になって尋ねてしまう。すると、泉は首を小さく左右に振った。

「大丈夫……」

消え入りそうな声がかわいらしい。

和哉は慎重に瑞々しい乳房を揉みあげる。双つのふくらみを交互に愛撫して、先端で揺れる乳首を指先で摘まんで転がした。

「お兄ちゃんから、こんなことを……」

泉がとまどった様子でつぶやき、またしても顔をうつむかせてしまう。羞恥がこみあげているのか、耳までまっ赤に染まっていた。

しかし、女体はしっかり反応している。意外に敏感なのかもしれない。乳首はグミのように硬くなり、和哉の指を押し返してくる。さらに転がせば、泉は色っぽい声を漏らして腰をよじりはじめた。

「あぁンっ……」

思いがけず甘い声を漏らしている。

この調子なら、そろそろ濡れているかもしれない。和哉は思いきってパンティに指をかけると、じりじりおろしていく。泉が尻を持ちあげてくれたので、簡単に脚から抜き取ることができた。

（こ、これが、泉ちゃんの……）

和哉は思わず息を呑んだ。

泉のぴったり閉じた内腿のつけ根に、陰毛が見えている。うっすらと生えているだけで、恥丘の白い地肌はもちろん、そこに走る縦溝まで透けていた。

「お、俺に……ま、まかせて……」

興奮のあまり声がうわずってしまう。張りのある太腿を撫であげると、股間にそよぐ陰毛にそっと触れた。

柔らかくてサラサラの繊細な陰毛だ。恥丘はふっくらしており、指先を跳ね返すような弾力がある。円を描くように撫でまわし、内腿のつけ根に右手の中指を押しこんでいく。

「あぁっ……」

泉が肩をすくめて声をあげる。

指先が股間の奥の柔らかい部分に触れたのだ。このヌルッとした感触は女陰に間違いない。とろみのある愛蜜でぐっしょり濡れており、二枚の陰唇から熱気が伝わってきた。

(泉ちゃんが、こんなに濡らすなんて……)

信じられない思いと同時に興奮がこみあげる。指先で陰唇を撫であげると、女体に小刻みな震えが走った。

「はああッ、そ、そこは……」

泉が小声でつぶやき、内腿で和哉の手を挟みこんでくる。もしかしたら、刺激が強すぎたのだろうか。両手で和哉の手首を強くつかむが、それでも振り払おうとはしなかった。

(また濡れてきたぞ……)

指先に感じる湿り気が強くなっている。

愛蜜の分泌量が増えている証拠だ。それならばと、恥裂の狭間に指先を浅く沈みこませる。陰唇の内側にある柔らかい媚肉を、指の腹でヌルヌルと撫であげた。

「あッ……あッ……お、お兄ちゃん」

泉が甘い声をあげて、腰をもじもじよじらせる。

顔は伏せているが、感じているのは明らかだ。清純そうな泉が、これほど敏感に反応するとは意外だった。

（おっ、これは……）

そのとき、指先にコリッとした部分を発見した。

「あっ……そ、そこは……」

泉はとまどいの声をあげると、女体を小刻みに震わせる。

もしかしたら、クリトリスかもしれない。試しに愛蜜をたっぷり塗りたくり、そこを重点的にこねまわした。

「そ、そこばっかり……あああッ」

泉の喘ぎ声が大きくなる。内腿で和哉の手をしっかり挟みこみ、全身の筋肉に力をこめていく。

「ああッ、も、もうダメっ、あああッ、あンンンンンッ！」

下唇を嚙みしめて、抑えた喘ぎ声を響かせる。女体が硬直したと思ったら、感電したような震えが走り抜けていく。愛蜜の量がさらに増えて、すでに和哉の指はグショグショになっていた。

（あれ……イッたのか？）

そう思うほど、泉の反応は激しかった。

和哉はセックスの経験がまだ三回しかない。そんな自分の拙《つたな》い愛撫で、処女の泉が昇りつめるとは意外だった。股間から離した和哉の指は、愛蜜にまみれてヌラヌラと光っていた。

7

(結構、感じやすいんだな……)

和哉は不思議に思って首をかしげる。すると、うつむいていた泉が、裸体をすっと寄せてきた。

細い指が短パンの股間に伸びてくる。すでに硬くなっているペニスを、布地の上からツーッと撫でた。

「あうっ……い、泉ちゃん？」

突然のことに、なにが起きているのか理解できない。

とにかく、指先でいじられているペニスが気持ちよくて、短パンのなかでヒクヒク動くのが恥ずかしかった。

「今度は、わたしがお兄ちゃんを気持ちよくしてあげる」

泉は濡れた瞳でささやくと、ソファからおりて和哉の前にひざまずく。そして、短パンとボクサーブリーフをまとめて引きおろしにかかった。

「な、なにを――」

「お尻、あげて」

そう言われて、反射的に尻を浮かせてしまう。すると、あっという間に短パンとボクサーブリーフを脱がされた。とたんに勃起したペニスが跳ねあがり、牡の濃厚な匂いがあたりにひろがった。

「すごいね。もうこんなに大きくなってる」

泉の細い指が、太幹の根元にからみついてくる。

それだけで快感がひろがり、新たな我慢汁が溢れてしまう。泉は亀頭に唇を寄せて息を吹きかけると、和哉の顔を見あげてきた。

「いっぱい、気持ちよくなってね」

「な、なにを――」

いきなり、ペニスを咥《くわ》えられて鮮烈な快感が突き抜ける。正座をした泉が亀頭を口に含み、柔らかい唇でカリ首をやさしく包んできた。

（ま、まさか、こんなことが……）

信じられないことが現実になっている。

昔、遊び相手になってあげた姪が、自分のペニスを咥えているのだ。しかも、これは和哉にとって、はじめてのフェラチオだった。

視線が重なると、泉はペニスを咥えた状態で微笑を浮かべる。そして、唇をゆっくり滑らせて、太幹を呑みこみはじめた。

「ううっ、ちょ、ちょっと……」

和哉は困惑の声を漏らすだけで動けない。驚愕と興奮、それに快感が螺旋《らせん》状にからみ合い、頭のなかを焼きつくしていく。

ペニスはすでに根元まで彼女の口に収まっている。亀頭と太幹に熱い舌が這いまわり、唾液をヌルヌルと塗りつけてきた。舌先で裏スジをツツーッと撫でられて、腰が震えるほどの快楽がひろがった。

（フェ、フェラチオって、す、すごい……）

姪がしゃぶっていると思うと、なおさら愉悦が大きくなる。

はじめてのフェラチオの相手が、泉になるとは驚きだ。わけがわからないまま、快楽に溺れていく。だらしなくソファの背もたれに寄りかかり、股間を突き出すような格好になっていた。

「ンっ……ンっ……」

泉が首をゆったり振りはじめる。柔らかい唇で太幹をしごかれて、瞬く間に射精欲がふくれあがった。

「ま、待って……ううッ」

なにしろ、フェラチオは未知の快楽だ。この調子だとすぐに我慢できなくなってしまう。慌てて声をかけるが、泉はさらにスピードをあげて首を振りはじめた。

「あふっ……はむっ……あむンっ」

手でしごかれるのとは異なる快感が押し寄せる。

直接的な刺激だけではない。女性にしゃぶられているという精神的な面からも射精欲が煽られた。

「ううウッ、も、もうっ……」

あっという間に追いつめられてしまう。己の股間に視線を向ければ、かわいい姪が一心不乱に首を振っている。それを見ているだけで、牡の欲望がこらえきれないほどふくれあがっていく。

「出していいよ……はむううッ」

泉がくぐもった声でつぶやき、ペニスを思いきり吸いあげる。ジュブブッという下品な音がリビングに響き渡り、射精欲が凄まじい勢いで膨脹した。

「くおおおッ、で、出るっ、ぬおおおおおおッ！」

たまらず両手で泉の頭を抱えこむ。前かがみになり、呻き声とともに精液を姪の口内にぶちまけた。

吸茎されることで射精の快感が倍増する。尻がソファから浮きあがり、股間を突き出す格好になってしまう。まるで強制的に精液を吸い出されているようだ。これまでに経験したことのない愉悦が押し寄せて、頭のなかがまっ白になった。

「ンンっ……」

泉は注ぎこまれるそばから、精液を嚥下《えんげ》していく。そして、ついに最後の一滴まで飲みほした。

しかし、射精が収まってもペニスを放そうとしない。深く咥えたまま、舌をねちっこく這いまわらせてきた。

「ちょ、ちょっと、もうイッたから……」

和哉はくすぐったさに襲われて腰をよじるが、その感覚を超えると、またしても快感がひろがった。

「いっぱい出したのに、お兄ちゃんの硬いままだね」

泉はようやくペニスを解放して、濡れた瞳で見あげてくる。精液を飲んだことで興奮したのか、しきりに腰をよじらせていた。

「い、泉ちゃん……ど、どうして……」

「言ったでしょ。お兄ちゃんのことが好きだったの」

膝の間からささやきかけてくる泉は、唾液にまみれたペニスを指でねちっこくしごいている。瞼《まぶた》を半分落とした表情が色っぽい。

「あの……もしかして……」

途切れることのない快感に頭の芯まで痺れている。そして、泉が処女だというのは、自分の勘違いだったと気がついた。

「もう別れたけど、年上の恋人がいたの。いろいろ教えてもらったよ」

泉はさらりと答える。

地元で年上の男とつき合っていたことがあったという。その男に処女を捧げただけではなく、さまざまな性技を教わったらしい。交際したのはひとりだけだが、それなりに経験を積んだようだ。

「そ、そうだったんだ……」

和哉は懸命に平静を装うが、大きなショックを受けていた。

泉に対して恋愛感情を抱いていたわけではない。しかし、妹のようにかわいがっていたのは事実だ。ところが、そんな彼女が年上の男と経験ずみで、フェラチオまで教えこまれていたのだ。

(だから、さっき……)

簡単に泉が昇りつめた理由がわかった気がする。

すでに年上の恋人によって、性感帯が開発されていたのだろう。だから、和哉の拙い愛撫でも感じてくれたのではないか。

「びっくりした？」

「い、いや……泉ちゃんも、もう大人だからね」

理解を示そうとするが、和哉の顔はひきつっていた。

一抹の淋しさが胸の奥にひろがっていく。すると、泉が立ちあがり、ソファに座っている和哉の股間をまたいできた。両膝を座面について、左手を和哉の肩に置き、右手でペニスをつかんでいる。

「お兄ちゃんにあげられなくて、ごめんね」

泉が耳もとでささやき、ゆっくり腰を落としはじめた。

「うっ……ちょ、ちょっと……」

ペニスの先端が、彼女の柔らかい部分に触れている。確認するまでもない。亀頭が陰唇に押し当てられているのだ。

「いっしょに気持ちよくなろう」

泉はそう言って、さらに腰を落としてくる。

陰唇が亀頭を圧迫して、クチュッと内側に窪んでいく。なかから大量の愛蜜が溢れると同時に、媚肉が覆いかぶさってきた。

「ううッ……ダ、ダメだよ」

思わず口走り、彼女の細い腰に両手を添える。だが、押しのけるわけではなく、期待に胸をふくらませていた。

「ダメじゃないよ。だって、すごく気持ちよくなるよ……はあンっ」

泉の唇から甘い声が溢れ出す。

亀頭が蜜壺のなかに埋まり、カリが膣壁を擦りあげている。さらに奥まで入りこみ、先端が膣道の深い場所まで到達した。

「ンンっ……先っぽが、ここまで来てる」

泉が手のひらを自分の臍の下あたりに当てる。ペニスがそこまで入りこんでいるという。

「お兄ちゃんの、すごく大きい」

唇が半開きになり、熱い吐息が漏れている。少し苦しそうにしているのは、本当に大きいと思っているからだろう。

(お、俺……泉ちゃんと……)

ペニスが根元まで膣に入っている。かわいがっている姪と、対面座位でつながっているのだ。

「い、いけないよ……お、俺たち親戚じゃないか……」

口先だけで常識をつぶやくが、まったく説得力はない。現にペニスは雄々しくそそり勃ち、姪の深い場所まで入りこんでいる。鋭く張り出したカリが、膣壁をえぐっているのだ。

「これでも、そんなこと言えるの？」

泉が腰をゆっくり回転させる。結合部分から湿った音が響き、すぐさま快感がひろがった。

「くうッ……う、動いちゃダメだ」

「どうして？　こうすると気持ちいいんだよ」

両手を和哉の肩に置き、腰を大きくまわしている。

ペニスが膣のなかで揉みくちゃにされて、愛蜜をまぶされていく。プリプリした膣壁が波打ち、甘く締めつけてきた。

「ここも感じるんでしょ？」

泉は腰を使いながら、和哉の胸板に顔を寄せてくる。なにをするのかと思えば、乳首を口に含んで舐めはじめた。

「ううッ」

たまらず呻き声が溢れ出す。

舌先が円を描くように動いて、唾液をたっぷり塗りつけてくる。さらにはチュッと吸いあげたり、舌先で軽く弾いたりをくり返す。乳首はすぐに充血して、ぷっくりふくらんでしまう。すると、今度は前歯で甘噛みしてきた。

「くううッ」

痛痒いような快感が突き抜ける。反射的に体がビクンッと撥ねて、ペニスがより深い場所まではまりこんだ。

「ああああッ……やっぱり、気持ちいいんだね」

泉は双つの乳首を交互に舐めてくる。唾液を塗りつけては甘噛みすることをくり返す。もちろん、その間も腰はゆったり振っていた。

「ううッ、す、すごい……うううッ」

もう呻き声を抑えられない。

なにしろ、姪が股間にまたがり、対面座位で快楽を送りこんでくるのだ。背徳感がスパイスとなり、快感が二倍にも三倍にもふくれあがる。

「わたしにもして……」

泉がうっとりした表情でささやき、両腕を和哉の後頭部にまわしこむ。そして、乳房を顔に押しつけてきた。

「うむっ」

決してふくらみは大きくないが、それでも鼻先が簡単に沈みこんでいく。和哉は息苦しさに襲われながらも、乳首を口に含んで舐めまわした。

「あンっ、お兄ちゃん」

泉が甘い声をあげてくれる。そのことに感動して、姪の乳首を夢中になってしゃぶりつづけた。

(泉ちゃんが感じてるんだ)

強く抱きしめられると息ができない。だが、それすら悦びとなり、女壺のなかでペニスがますます反り返った。

「ああっ、大きい……お兄ちゃんのすごく大きいよ」

譫言《うわごと》のようにつぶやきながら、泉が腰の動きを加速させる。ゆったりした円運動から、膝の屈伸をつかった上下動に変化した。

「そ、そんなに激しく……ううぅッ」

「あッ……あッ……い、いいっ」

泉が女体をくねらせながら喘いでいる。

尻を大きく弾ませることで、肉棒がヌプヌプと出入りをくり返す。根元まで埋まると亀頭が子宮口を突き、引き出されるときにはカリが膣壁を擦りあげる。女壺は収縮と弛緩をくり返し、常に男根を刺激していた。

「ううッ……ううぅッ」

和哉は両手を姪の尻たぶにまわしこみ、瑞々しい弾力を味わいながら、快楽に酔いしれていている。

年上の男とつき合っていたという泉の腰使いは絶品だ。ペニスをやさしく包みこんできたと思ったら、ときに激しくしごきあげる。緩急をつけた動きで、和哉はすっかり骨抜きにされていた。

「き、気持ちいいっ……おおおッ、気持ちいいっ」

「わ、わたしも、ああッ、気持ちいいっ」

和哉が快楽を訴えれば、泉も唇の端から涎《よだれ》を垂らしながら応じてくれる。視線をからませることで、ますます快感が大きくなった。

「くうぅッ、も、もう出そうだ」

「いいよ、わたしのなかにいっぱい出して」

泉はそう言うなり、腰をさらに激しく上下させる。射精に導く強烈な動きだ。膣襞もウネウネと蠢き、ペニスが蕩けるかと思うほどの快感がひろがった。

「おおおおッ、で、出るっ、出るよっ、くおおおおおおおおおッ!」

姪の尻を両手で抱えて強く抱き寄せる。男根を深く埋めこんだ状態で、たまらず股間を突きあげた。熱い粘膜に包まれながら、ついに欲望を思いきり放出する。柔らかい媚肉で締めつけられて、極上の愉悦が押し寄せた。

「はあああッ、い、いいっ、わたしもイクッ、イクううううッ!」

泉もほぼ同時によがり泣きを響かせる。すでに開発されている女体は、和哉のペニスでアクメに昇りつめていく。腰を艶めかしく揺すりながら、肉棒をこれでもかと締めつけた。

ついにふたりは抱き合ったまま、絶頂へと駆けあがった。

頭のなかが燃えあがり、なにも考えられない状態だ。ふたりはどちらからともなく顔を寄せると、唇を重ねて舌をからみつかせた。

第四章　バスルームで淫戯

1

相変わらず、女性三人との奇妙な共同生活がつづいている。

四日前の土曜日には、ついに姪の泉とセックスした。これで和哉は三人の女性全員と身体の関係を持ったことになる。

少し前まで童貞だったことを思うと、なにやら不思議な気分だ。

テレワークになったのが最大の要因だが、両親が田舎暮らしをはじめたり、沙也香が夫と気まずくなったり、沙也香の友人の琴子が家出をしたりなど、さまざまなことが重なった結果だった。

とはいえ、今は何事もなかったように過ごしている。

和哉はあわよくばと思っているが、残念ながら三人の女性たちはまったくそんなそぶりを見せなかった。

沙也香は毎朝、決まった時間にやってきて、午後五時に仕事が終わると帰ってしまう。泉はしっかり予備校に通っており、帰ってきても予習復習で忙しそうだ。

琴子はだいたい一日置きにパートで出かけている。パートがない日も、掃除に洗濯、それに食事の支度と、朝から晩まで働いていた。とてもではないが、声をかける隙などなかった。

（なかなかチャンスってないもんだな……）

和哉は自室でパソコンに向かいながら、心のなかでつぶやいた。

童貞を卒業して、そのうえ経験を積めただけでも儲けものだ。しかし、どうしても欲が出てしまう。なにしろ、毎日、魅力的な三人の女性と顔を合わせているのだ。期待するなというほうが無理な話だった。

（それにしても、集中できないな……）

最近、まじめに仕事をしていたが、今日は集中力を欠いていた。

今日は係長以上の会議が会社であり、沙也香は出社日になっていた。Ｗｅｂ会議にすれば楽なのにと沙也香は言っていたが、役職者のなかには顔を合わせないと駄目な人たちがいるらしい。和哉たち平社員が参加する会議とは違うようだった。

沙也香がいないと思うと、どうしても気が抜けてしまう。以前のようにさぼることはないが、仕事の効率は落ちていた。

今日、沙也香がここに来ることはない。会議を終えたら、自分の家に帰ると言っていた。泉が予備校から帰ってくるのは夜になる。琴子はパートが休みで、今ごろ家事をしているはずだ。

(琴子さんと、ふたりきりか……)

ついよけいなことを考えてしまう。またしても仕事の手がとまり、琴子とのセックスをぼんやり回想していた。

結局、集中力を欠いたまま、昼休みになってしまった。

部屋を出てリビングに向かう。いつもどおりなら、琴子が昼食の準備をしてくれているはずだ。

「お疲れさまです」

リビングに入るなり、琴子の柔らかい声が聞こえてくる。やはり赤いエプロンをつけて、キッチンに立っていた。

「すぐにできますから、座って待っていてくださいね。今日は親子丼です」

「お手伝いさせてください。俺も料理を覚えたいですから」

和哉はそう言ってキッチンに入っていく。

時間があるときは、琴子に料理を教えてもらっている。少しずつ上達していると思うが、まだまだ覚えることはたくさんあった。

「では、卵を割ってもらえますか」

「了解です」

言われたとおり、卵を二個割ってボールに入れる。隣では琴子がフライパンに醤油ダレを入れて、玉ねぎと鳥肉を煮ていた。

「その卵を軽く溶いてください。まぜすぎたらダメですよ」

「こんな感じですか」

菜箸で軽くまぜながら、琴子の料理を観察する。こうして見ているだけでも、なにも知らない和哉には勉強になった。

「上手ですね。ありがとうございます。あとは、その卵を入れたら完成です。卵には火を通しすぎないのがコツです」

琴子が溶き卵をフライパンに流し入れる。軽く火を通して、あとは盛りつけるだけだという。

「座って待っていてください」

「はい、いつもありがとうございます」

和哉はキッチンを出ると食卓に着く。ほどなくして、琴子が親子丼と味噌汁を出してくれた。

「お待たせしました」

「これはおいしそうですね。いただきます」

さっそく箸を手に取り、親子丼を食べはじめる。

半熟でトロトロの卵がたまらない。鳥肉の火の通り具合も絶妙で、蕩けるような味わいだ。出汁《だし》のほのかな甘さが食欲を増進させた。

「うまいっ、そこらへんのお店で食べるより、ずっとうまいですよ」

思わず声が大きくなる。

おおげさではなく最高の味つけだ。専業主婦だけあって、家事はなんでも完璧だが、とくに料理は絶品だった。

「よかったです」

琴子は向かいの席に座り、うれしそうな笑みを浮かべている。しかし、彼女の前に親子丼はなかった。

「あれ……琴子さんは食べないんですか？」

不思議に思って尋ねてみる。いつもいっしょに食べていたのに、どうして今日は見ているだけなのだろうか。

「和哉さんが喜んでくれる顔を、しっかり覚えておきたいんです」

もともと物静かな女性だが、それにしても雰囲気がいつもと違う。なにかあったとしか思えない。

「いろいろ、ありがとうございました」

突然、琴子があらたまった様子で口を開いた。

「じつは、帰ることになりました」

「帰るって、どこにですか？」

意味がわからず聞き返してしまう。この共同生活にすっかりなじんでいたため、すぐに理解できなかった。

「昨日の夜、夫から電話があったんです」

琴子は神妙な顔で語りはじめた。

昨夜遅くに夫から電話があり、きちんと謝罪してくれたという。もちろん、不倫相手ともきっぱり別れており、心から反省しているのが伝わってきて、琴子の心も動いたらしい。

「いろいろ話し合って、やり直すことになりました」

そう語るが、琴子の表情はどこか晴れなかった。

なにか引っかかることがあるのだろうか。もしかしたら、和哉とセックスしたことを後悔しているのかもしれない。

琴子から誘ってきたこととはいえ、途中から和哉もセックスにのめりこんだのだから、責任がないとは言えない。いまさらどうにもならないが、それでも謝罪しようとしたときだった。

「でも……不安なんです」

再び琴子が口を開いた。小声でつぶやき、視線を落としていく。

「わたしに至らないところがあったから、きっと夫は浮気をしたんです。また、同じことが起きるかもしれないと思うと……」

自分とのことではないとわかり、ほっとする。それと同時に、落ちこんでいる琴子を元気づけたいという気持ちが湧きあがった。

「琴子さんはなにも悪くないですよ。夫婦の間でなにかあったとしても、旦那さんが浮気をするのは違うと思います」

前のめりになって力説する。だが、琴子の表情は暗いままだ。

「夫はわたしのどこが不満だったんでしょうか……」

「いえいえ、琴子さんなら大丈夫です。家事は完璧だし、なにより美人じゃないですか。こんなきれいな奥さん、うらやましいですよ」

普段は恥ずかしくて女性を褒めることができない。だが、今は琴子の力になりたくて必死だった。

「でも……自信が持てないんです」

琴子の声は消え入りそうなほど小さい。顔をうつむかせたままで、瞳には涙さえ滲んでいた。

「だって、夫は若い女性と浮気をしたんですよ」

夫の目が一瞬でも自分より若い女性に向いたのが、心に暗い影を落としているのかもしれない。どんな言葉をかければ、元気づけることができるのだろうか。

「琴子さんはすごく魅力的です。だから、俺だって琴子さんと――」

セックスしたことを思い出し、危うく口が滑りそうになる。ぎりぎりのところで言葉を呑みこむが、全身の毛穴から汗が噴き出した。

「と、とにかく、琴子さんは素敵なんですから、もっと自分に自信を持っていいと思います」

「そんなこと言ってくれるの、和哉さんだけです」

ようやく、琴子が顔をあげてくれる。そして、潤んだ瞳で和哉の顔をまっすぐ見つめてきた。

「旦那さんだって、口に出さないだけで、きっと俺と同じことを思っていますよ。だから、電話をかけてきたんじゃないですか」

ここぞと思って言葉を重ねていく。琴子がいなくなるのは淋しいが、幸せになってくれることを願っていた。

「琴子さんがいなくなって、ありがたみがわかったんですよ」

「そうでしょうか……」

「そうですよ。間違いありません」

なんの確証もないが断言する。必死に話しているうちに、自分の予想が正しい気がしてきた。

「和哉さんと話していたら、だんだん元気になってきました」

言葉を重ねていくと、琴子の表情がだいぶ明るくなっている。きっと気持ちが前向きになってきたのだろう。

(よし、いい感じだぞ)

和哉は思わず心のなかでつぶやいた。

塞ぎがちだった琴子が、本当の意味で立ち直ろうとしている。元気になって帰ることができるなら、ここで暮らした時間も無駄ではなかったということだ。

「最後にひとつだけお尋ねしてもいいですか？」

「もちろんです。なんでも聞いてください」

あともう少しのところまで来ている。琴子が立ち直るためなら、協力を惜しまないつもりだ。

「今までの経験で……わたしと若い子、どっちがよかったですか？」

琴子の口から紡がれたのは、予想外の質問だった。

「それって、どういう……」

「突然、すみません。その……セ、セックスのことです」

言いにくそうにつぶやくと、琴子は頬を桜色にぽっと染めあげた。

夫が若い女性と浮気をしたのが、どうしても気になるようだ。夜の夫婦生活にも一因があったと考えているのかもしれない。

（そんなこと聞かれても……）

和哉は激しく動揺してしまう。

セックスの経験が少ないうえに、琴子より若い女性は泉しか知らない。どちらがよかったなど比べられるものではなかった。

「あ、あの……じつは、あんまり経験がなくて……」

いい加減なことを言うわけにはいかず、恥を忍んで打ち明ける。経験不足を知られるのは格好悪いが、この際、仕方なかった。

「やっぱり、和哉さんは正直な方ですね」

琴子が柔らかい表情を浮かべてうなずいた。

「それなら、お手伝いしていただけませんか。不安を解消したいんです」

「俺にできることなら……」

「お時間、大丈夫でしょうか」

もうすぐ午後一時になる。本当なら仕事を再開しなければならないが、今日は係長以上の会議があるので、課長が連絡してくることはないだろう。

「今日なら大丈夫です」

「よかった……ふたりきりじゃないとできないことなので」

そう言った直後、琴子の瞳が艶を帯びた気がした。

いったい、なにをするつもりなのだろうか。琴子は不安を解消するためだと言ったが、和哉の胸に期待と不安が生じて、急速にふくれあがった。

2

「あ、あの……手伝ってほしいことって……」

和哉は困惑して問いかけた。

服を脱ぐように言われて、裸でソファに座っている。さすがに恥ずかしくなり、股間を両手で覆い隠した。

「わたしに自信をつけさせてください」

小声でささやく琴子も、白いブラジャーとパンティだけになっている。和哉の隣に座ると、女体をそっと寄せてきた。

剝き出しの肩と腕が触れてドキリとする。窓の外はまだ明るいが、期待がどんどん膨脹してしまう。今ひとつ琴子の考えていることがわからず、和哉は股間を隠した格好で固まっていた。

「いつも受け身だったんです。でも、これからは、わたしも少しは積極的になったほうがいいと思って……」

琴子の右手が股間に伸びてくる。そして、ペニスを隠している和哉の手を引き剝がした。

露になった男根は、緊張のため縮こまっている。ある意味、女性にいちばん見られたくない姿だ。しかし、そんなことは気にもせず、琴子の白くてほっそりした指が柔らかい肉竿に巻きついてきた。

「な、なにを……」

「こういうの、自分からしたことないんです。だから、教えてほしくて……」

「だ、旦那さんに教わったほうが……」

和哉が話している間も、ペニスをしっかり握られている。彼女の体温がじんわり伝わっていた。

「もう失敗したくないんです。こんなことお願いできるの、和哉さんしかいないんです。どうか教えてください」

琴子が切実な瞳で見つめてくる。

そんな顔で懇願されたら無下にはできない。それに、彼女の手のなかでペニスが反応して、むくむくとふくらみはじめていた。

「わ、わかりました……」

「ありがとうございます。あっ、大きくなってきました」

困惑の声を漏らすが、琴子はペニスから手を離さない。硬くなった竿に指を巻きつけたまま、不安げな瞳を和哉に向けた。

「動かしていいですか？」

「さ、最初はゆっくり……」

上手く指導できるか自信はない。しかし、これは琴子が夫とやり直すために必要なことだ。少なくとも、琴子はそう考えていた。

「こうですか？」

「うっ……」

細い指がやさしく肉棒を擦りあげる。それだけで甘い感覚がひろがり、和哉は腰をブルッと震わせた。

「痛かったですか？」

「い、いえ、逆です。気持ちいいんです」

本当に自分から愛撫したことがないらしい。男根をしごく手つきは拙いが、それがかえって、なんとも言えない快感を生み出している。ペニスはさらにふくらみ、あっという間にそそり勃った。

「すごく硬いです」

「琴子さんが上手だからですよ」

「そ、そんなはず……」

琴子が困惑の声を漏らす。

夫を悦ばせたいと思っているが、自分から愛撫することに抵抗があるようだ。今ひとつ積極性に欠けていた。

「先っぽのほうも触ってもらえますか」

もう一歩進んだ愛撫をさせるつもりで指示を出す。すると、琴子の指が亀頭に移動してきた。

「あっ……濡れてます」

一瞬、手を引こうとするが、なんとか踏みとどまった。

亀頭はすでに我慢汁でぐっしょり濡れている。それを承知で、あえて触るように言ったのだ。

「気持ちいいから濡れてるんですよ。その汁を全体に伸ばしてください。ヌルヌルになったところを擦ると、もっと気持ちよくなるんです」

「は、はい……」

琴子はとまどいながらも、指で我慢汁をペニス全体に塗り伸ばしていく。そうやって全体がしっとりすると、再び指を巻きつけてしごきはじめた。

「そ、そうです、上手ですよ」

「ああっ、お汁がどんどん出てきます」

「き、気持ちいいから……ううッ」

我慢汁が潤滑油となったことで、快感が一気にアップする。細い指が太幹の表面を滑るたび、先端の鈴割れから新たな汁が溢れ出す。とくに敏感なカリの上を通過するときは、くすぐったさをともなう快楽がひろがった。

「おおッ、そ、そこ……」

体がビクンッと反応して、無意識のうちに股間を突きあげてしまう。すると、細い指がカリを集中的に擦ってきた。

「くううッ」

「ここですか？」

琴子は至近距離から和哉の表情を観察している。

どこが感じるのか確認しているらしい。我慢汁が次々と流れてくるため、指の動きは常にスムーズだ。クチュッ、ニチュッという湿った音も、欲望を煽る材料になっていた。

「す、すごくいいです……あ、あと、乳首のほうも……」

和哉は快楽にまみれながらも、さらなる愛撫を提案する。

先日、泉に乳首を舐められたとき、驚くほど気持ちよかった。手でしごかれながら乳首も同時に愛撫されたら、快感が倍増するに違いない。

「えっ、乳首に触るんですか？」

琴子は右手でペニスをしごきながら、左手を恐るおそる乳首に伸ばしてくる。軽く触れただけで、痺れるような快感が走り抜けた。

「ううッ、そ、そうです。もっと……」

「は、はい……」

和哉が求めると、琴子はとまどいながらも従ってくれる。指先で乳首をやさしく転がしてきた。

またしても快感がひろがり、乳首が熱くなってくる。血液が流れこみ、ぷっくり隆起するのがわかった。

「硬くなってきました」

乳首が勃起すると、琴子は命じてもいないのに指先で摘まんでくる。そして、クニクニといじりはじめた。

「うむッ……ほ、本当にはじめてですか？」

思わず口走る。それくらい触りかたが上手かった。

すると、なぜか琴子は顔をまっ赤に染めあげる。羞恥のためなのか、それとも興奮しているのか。

（いや、もしかしたら……）

彼女の恥じらう顔を見てピンと来た。

男に愛撫した経験はないが、自分の乳首はいじっている。だから、ペニスをしごくのとは違って慣れているのではないか。

「男の人も、乳首が感じるんですね」

琴子はぽつりとつぶやいた。

そして、羞恥をごまかすように、和哉の胸板に顔を寄せてくる。乳首にキスすると、そのまま口に含んで舌を這わせてきた。

「くううッ……こ、琴子さんっ」

たまらず呻き声が大きくなる。勃起したペニスを手でしごかれながら、硬くなった乳首を舐められているのだ。同時に二カ所を愛撫されると、相乗効果で快感が高まっていく。

「そ、それ……ううぅッ」

「こういうのも、感じますか？」

琴子は乳首を口に含んだまま、語りかけてくる。もちろん、その間も右手ではペニスを愛撫している。我慢汁にまみれた太幹やカリ首、それに亀頭を、ヌルリッ、ヌルリッと擦りあげていた。

「か、感じます、すごくいいです」

震える声でつぶやけば、琴子の愛撫に熱が入る。

双つの乳首を交互に舐めまわしては、舌先でピンッと弾く。さらにはチュウチュウ吸いあげて、不意を突くように前歯で甘嚙みする。手筒でペニスをしごくスピードも、どんどん速くなっていく。

「ちょ、ちょっと……おううッ」

急激に快感が大きくなり、慌てて愛撫を中断させようとする。ところが、琴子は聞こえていないのか、乳首とペニスを離さない。口と手で快感を送りこみ、和哉の射精欲を煽り立てる。

「こんなに濡らして……ああっ、感じてくれてるんですね」

琴子の声も昂っている。自分の愛撫で男が悶える様を見て、興奮しているのかもしれない。ペニスを猛烈な勢いでしごきあげてきた。

「ま、待ってください……ううッ、うううッ」

もう和哉がなにを言ってもやめてくれない。

このままだと達してしまう。全身に筋肉に力をこめて快感を抑えこもうとする。しかし、琴子の愛撫には勢いがある。どうすることもできないまま、射精欲が限界までふくれあがった。

「和哉さんのここ、すごく熱くなってます」

「で、出ちゃいますっ」

「ああッ、まだダメです……もっと練習させてください」

琴子は喘ぐようにつぶやき、カリを集中的に擦りあげた。

「で、出るっ、おおおッ、ぬおおおおおおおおッ！」

ついに射精欲が爆発して、思いきり精液を放出する。琴子の手のなかでペニスが激しく波打ち、熱い白濁液が噴きあがった。

「すごいです……ああっ、ビクビクしてます」

琴子が驚いた声を漏らすが、まだペニスを解放しようとしない。

射精中だというのに、しつこくしごかれる。そうすることで、より大量のザーメンが、より速く飛び出していく。

「おおおッ……おおおおッ」

和哉の口は開いたままで、呻き声が垂れ流しになっていた。

頭のなかが熱く燃えあがり、もうなにも考えられない。股間を何度も跳ねあげながら、心ゆくまで射精した。

3

「す、すみません……」

射精の快感が収まってくると、和哉は息を乱しながら謝罪した。

あまりに気持ちよくて、我慢できなかった。なんとか抑えこもうとしたが、瞬く間に暴発してしまった。

「いっぱい……出ましたね」

琴子はまだ身体をぴったり寄せている。

ペニスに手を添えたまま、和哉の腹にぶちまけられた精液を見つめていた。大量の白濁液は陰毛にもべったり付着している。そして、彼女の細い指にも、たっぷりからみついていた。

「ああっ、すごいです」

琴子がため息まじりにつぶやき、ようやくペニスを解放する。そして、自分の手に視線を向けた。

「こんなに熱くて、ねっとりして……気持ちよかったですか？」

指を開いたり閉じたりして、糸を引く白濁液を見つめている。

「汚してしまって……すみません」

もう一度、謝罪の言葉をつぶやいた。

しかし、琴子はまったく気にしている様子はない。それどころか、うっとりした表情になっていた。

「わたしの手で、気持ちよくなってくれたんですね？」

何度も同じことを尋ねてくる。

自分の成果を再確認したいのだろうか。いや、もしかしたら達成感に浸っているのかもしれない。いずれにせよ、はじめて男に愛撫を施して射精に導いた。ペニスの先端から精液が噴きあがる瞬間を目の当たりにしたのだ。

「あんなに勢いよく出るんですね」

琴子はザーメンにまみれた自分の指を眺めている。そして、返答をうながすように視線を向けてきた。

「琴子さんにしごいてもらって……すごく気持ちよかったです」

和哉は彼女の目を見つめて、正直な感想を伝えた。

「こんなに気持ちよくできるなら、もう、なにも心配することはないですよ」

もとの生活に戻っても、なにも問題はないだろう。むしろ夫との関係は、以前よりよくなるかもしれない。そう考えると、少しだけ嫉妬心が湧きあがった。

「うれしいです……ありがとうございます」

琴子は恥ずかしげにつぶやいた。

最後はセックスしたかったが、暴発してしまったのだから仕方がない。ローテーブルの上に置いてあるティッシュを取ろうと手を伸ばす。すると、琴子がその手をそっとつかんできた。

「わたしが、きれいにします」

「そんなこと、琴子さんにさせられないですよ」

そもそも自分が勝手に暴発したのだ。掃除などさせるわけにはいかないと思って断るが、琴子も引こうとしなかった。

「お礼をさせてください。和哉さんには、いろいろお世話になりましたから」

縋《すが》るような顔で言われると、頑なに断るのも違う気がした。

「わ、わかりました……じゃあ、お願いできますか」

和哉がつぶやくと、彼女はほっとした顔をする。そして、ソファからそっと立ちあがった。

「シャワーで流しましょう」

琴子が頬を桜色に染めながら提案してくる。

もちろん、和哉に異論はない。うながされるまま立ちあがり、琴子に手を引かれてリビングをあとにした。


バスルームの壁はクリーム色で、足もとはグレーの磁器タイルだ。

琴子が隅々まで掃除をしてくれるので、清潔感溢れる空間になっている。だが、これからは、また和哉が掃除をすることになるだろう。

「ここに立ってください」

「はい……」

彼女にまかせることにして、和哉は言われるままバスルームの中央に立った。

ふたりだと少々狭いが、くっつけると思うと悪くない。琴子はシャワーヘッドを手に取ると、壁に向かって湯を出して温度を調節した。

「熱くないですか」

温度を確認するため、まずは手にそっとかけてくれる。

「ちょうどいいです」

　和哉が答えると、琴子は目をそらしたままうなずいた。

「和哉さんは、なにもしなくていいですよ」

　明るいバスルームで向かい合っていると照れくさい。それは琴子も同じらしく、先ほどから目を合わせようとしなかった。

「とりあえず、さっと流しますね」

　腹とペニスに付着した精液を流すと、肩からシャワーを浴びせてくれる。それだけでも、充分すっきりした。

「ありがとうございます。じゃあ、先にあがりますね」

　背中を向けようとすると、腕をすっとつかまれる。

「まだこれからですよ」

　そう言って、琴子がまっすぐ見つめてきた。

　視線が重なり、羞恥と興奮がこみあげる。バスルームというシチュエーションが影響しているとしか思えない。互いの裸をはじめて見るわけでもないのに、ふたりとも顔を赤く染めあげた。

「お礼ですから……」

　琴子は独りごとのようにつぶやいて湯をとめると、シャワーヘッドを壁のフックにかける。そして、ボディソープを手に取り、泡立てはじめた。

「では、洗いますね」

いきなり、手のひらを和哉の胸板に押し当ててくる。そのまま両手で円を描くように、ゆったり撫でまわしてきた。

「ちょ、ちょっと……」

泡のヌルヌルした感触に慌ててしまう。体を洗いに来たのに、これではおかしな気分になりそうだ。

「あ、あの……タオルは使わないんですか？」

「手のほうが肌にやさしいそうです」

琴子はそう言って、恥ずかしげな微笑を浮かべる。そして、両手で胸板を撫でつづけた。

「うっ……」

乳首が擦れて、小さな声が漏れてしまう。

先ほどさんざん舐めしゃぶられたので、なおさら敏感になっている。そこを泡だらけの手のひらで擦られると、快感が波紋のようにひろがった。

「乳首……敏感なんですね」

琴子の瞳は濡れている。彼女も昂っているのは明らかだ。手の動きが少しずつ大胆になり、指先で乳首を転がしてきた。

「うっ……ううっ……」

泡をたっぷり塗りつけてから、指先で撫でまわしてくる。あくまでも胸板を洗っている振りをするが、乳首に狙いを定めて擦っていた。

さらに彼女の手が脇腹へと移動する。くすぐりながら下降すると、腰のあたりから股間に向かって滑ってきた。そして、臍《へそ》の周囲に泡をつけて、徐々に股間へと近づいてくる。

「そ、そこは……」

やがて琴子の手は陰毛に到達する。ボディソープを追加して撫でまわせば、とたんに泡立ちがよくなった。

「も、もう、大丈夫ですから……」

言葉とは裏腹に期待がふくれあがり、膝が小刻みに震えてしまう。ペニスは再び屹立して、先端の鈴割れから我慢汁が滲んでいた。

「どうして、こんなに……」

琴子はぽつりとつぶやき、ボディソープの泡を太幹に塗りつけてくる。指をそっと巻きつけて、先端に向かって滑らせた。

「そ、そんなところまで……」

和哉のとまどいを無視して、琴子の指がカリ首を通過する。そして、亀頭の表面を撫ではじめた。

「ここは、ちゃんと洗っておいたほうがいいですよね」

琴子は自分に言い聞かせるようにつぶやき、手のひらで亀頭を包みこんだ。

「くうッ、そ、そこは……」

やさしくヌルヌル擦られて、尿道口に甘い刺激がひろがっていく。我慢汁がとまらなくなり、膝の震えが大きくなった。

「ど、どんどん溢れてきます……」

琴子の声がうわずり、息遣いが荒くなる。半開きになった唇から、絶えず色っぽい吐息を漏らしていた。

「ああっ、すごく濡れてます……どうして、こんなに濡れてるんですか？」

「そ、それは……琴子さんの手が気持ちいいから」

和哉が正直に答えると、琴子はうれしそうに目を細める。そして、自分の裸体に泡を塗りつけてから、そっと抱きついてきた。

「和哉さんのおかげです」

「ちょ、ちょっと……」

和哉の胸板に、大きな三十路の乳房が押しつけられる。とたんに双つの柔肉がひしゃげてニュルッと滑った。

「和哉さんが教えてくれたから……ありがとうございます」

耳もとで礼を言ったかと思うと、熱い息を吹きこまれる。さらに耳たぶを甘噛みされて、ゾクゾクするような快感がひろがった。

「うむッ……こ、琴子さん、俺、もう……」

もうこれ以上、我慢できそうにない。胸板に密着した乳房が泡でヌルヌル滑るたび、欲望がふくれあがっていく。彼女の柔らかい下腹部で、勃起したペニスを圧迫されるのもたまらなかった。

「硬いのが、当たってます」

琴子がしっとり濡れた瞳で見あげてくる。ハアハアと甘い吐息をまき散らして、密着させた女体をくねらせた。

「う、動いたらダメです……ううッ」

和哉はまたしても低い呻き声を漏らしてしまう。

泡だらけの女体で、全身をマッサージされている。しかも、琴子は熟れた美しい人妻だ。背徳感がプラスされることで、和哉が受ける快感は二倍にも三倍にもふくれあがった。

「ああンっ、和哉さん……わたしも……」

琴子の顔が紅潮している。胸板に触れている彼女の乳首は、乳輪ごとぷっくり隆起していた。

（やっぱり、琴子さんも興奮してるんだ……）

それがわかるから、なおさら欲望を抑えられなくなる。女体に手をまわして抱きしめると、密着している部分がヌルヌル滑った。

「ああっ……お、お願いします」

琴子がかすれた声でつぶやいた。

すべてを言葉にしなくても、熱い思いは伝わってくる。考えていることはふたりとも同じだ。

和哉は片手を伸ばしてカランをひねった。

壁のフックにかかっているシャワーヘッドから湯が噴き出し、ふたりの頭上に降り注ぐ。髪がずぶ濡れになり、身体に付着していた泡が洗い流されていく。それでもシャワーをとめず、出しっぱなしにしていた。

「琴子さん……」

至近距離で瞳を見つめて呼びかける。すると、琴子は目を静かに閉じて、顎を微かに持ちあげた。

ごく自然に唇を重ねていく。琴子が唇を半開きにしてくれたので、躊躇《ちゅうちょ》することなく舌を忍ばせる。すぐに彼女の舌がからみつき、粘膜同士を擦り合う。シャワーが降り注ぐなかで、熱いディープキスに没頭していく。

舌といっしょに琴子の唾液をすすりあげる。反対に唾液を口移しすれば、琴子は迷うことなく嚥下した。

「はぁっ……和哉さん」

呼びかけてくる声が色っぽい。そんな琴子の背中を壁に押しつける。右手で彼女の左脚を持ちあげて、腋《わき》の下に抱えこんだ。

琴子は右脚だけで立ち、壁によりかかった状態になる。左脚を持ちあげているため、股間が剝き出しになっていた。小判形の陰毛は湯でぐっしょり濡れて、ワカメのように恥丘に貼りついている。股間をのぞきこめば、サーモンピンクの女陰が華蜜で濡れ光っていた。

上手くできるだろうか。

一瞬、不安が脳裏をよぎるが、それよりも欲望のほうがうわまわっている。とにかく、今すぐひとつになりたい。向かい合って立った格好で、屹立したペニスの先端を陰唇に押し当てた。

(ど、どこだ……)

左手でペニスを握り、軽く動かしながら膣口を探る。すると、先端が沈みこむ場所を発見した。

「あっ……」

琴子の唇から小さな声が漏れる。やはり、そこが膣口に間違いない。和哉は真下からペニスをゆっくり埋めこんだ。

「あああッ、お、大きいっ」

艶めかしい声がバスルームの壁に反響する。琴子は両腕を伸ばすと、和哉の首に巻きつけてきた。

「琴子さんのなか、すごく熱いです」

すでにペニスは根元まで女壺に埋まっている。先端が最深部に到達しており、カリが膣壁にめりこんでいた。

さっそく腰を振りはじめる。じりじり引き出せば、カリが膣壁をえぐるように摩擦した。亀頭が抜け落ちる寸前で、再びスローペースで埋めこんでいく。股間がぴったり密着して、亀頭が子宮口を圧迫した。

「はンンっ……お、お風呂で、こんなこと……」

どうやら、琴子もはじめてバスルームでセックスしたらしい。眉を八の字にゆがめた困惑の表情を浮かべている。それでも、感じているのは間違いない。抽送に合わせて、腰を遠慮がちにくねらせていた。

(琴子さんも、興奮してるんだ……)

その事実が和哉の興奮も加速させる。

濡れかたが明らかに激しくなっていた。ペニスを出し入れするたび、湿った音が大きくなる。カリでかき出された華蜜が、太幹と膣口の隙間から溢れて、ふたりの股間を濡らしていた。

「こんなに濡らして……ううッ」

彼女の片脚を抱えた格好で、腰を力強く振り立てる。ペニスを思いきりピストンして、膣のなかをかきまわす。湿った蜜音に琴子の喘ぎ声が重なり、ますます気分が盛りあがる。

「あッ、ああッ……い、いいっ」

「お、俺も……琴子さんっ」

膣の締まりが強くなり、膣襞が太幹の表面を這いまわる。より大きな快感が押し寄せて、もう欲望を抑えきれなくなってしまう。本能のままに腰を振りまくり、連続でペニスを突きあげた。

「ああッ……ああッ……は、激しいっ」

「おおおッ、き、気持ちいいっ」

琴子の喘ぎ声と和哉の呻き声が交錯する。

いつしか、ふたりはきつく抱き合い、ひたすらに快楽を貪っていた。和哉が腰を振れば、琴子も股間をしゃくりあげて受けとめる。ときどき唇を重ねて唾液を交換しては、再び腰を激しく振り合った。

「あああッ、も、もう、わたし、はあああッ」

「お、俺、ううウッ、もうダメですっ」

絶頂の大波が急接近している。それでも、腰の動きはとめられない。欲望にまかせてペニスをたたきこみ、女壺の奥をえぐりつづける。

「はあああッ、い、いいっ、もうイキそうですっ」

琴子の訴えが引き金となり、ペニスを勢いよく根元まで埋めこんだ。

「くおおおおッ」

「あああああッ、イ、イクッ、イクイクッ、あああッ、はああああああああッ！」

ついに琴子がアクメのよがり泣きを響かせる。片脚立ちの苦しい体勢で、全身に痙攣がひろがっていく。和哉の背中に爪を食いこませると、女体を仰け反らせる。女壺がさらに締まり、ペニスを思いきり絞りあげた。

「くううウッ、で、出るっ、くおおおおおおおッ！」

和哉もあっという間に昇りつめる。琴子の濡れた裸体を抱きしめて、奥深くに埋めこんだペニスを脈動させた。

尿道口から熱いザーメンが噴き出すたび、腰がブルルッと震えてしまう。膣道が激しく蠕動《ぜんどう》することで、射精の快感がさらに大きくなる。熟れた媚肉で揉みくちゃにされて、ペニスが蕩けそうな快楽に酔いしれた。

頭の芯まで痺れきっている。最後の一滴まで放出してもなお、和哉は女体をしっかり抱きしめていた。

ふたりの乱れた息遣いと、シャワーの降り注ぐ音だけが響いている。

ペニスはまだ深い場所に刺さったままだ。人妻と快楽を共有して、全身の細胞が歓喜に震えていた。

第五章　僕だけのハーレム

1

朝八時、和哉はスマホのアラームで目を覚ました。

大きく伸びをしてから起きあがる。部屋を出て、まずはトイレで用をすませてから顔を洗った。

リビングに行ってドアを開けると、やけにがらんとしていた。ついこの間まで味噌汁のいい匂いで目覚めていたが、今は誰もリビングにいない。わかっていることなのに、いまだに慣れなかった。

琴子が家に帰って一週間が経っていた。

これまで琴子が朝食の支度をしてくれるのが当たり前になっていたが、今は自分でやらなければならない。琴子がいなくなったことで、そのありがたみをひしひしと感じていた。

泉は先に起きて、予備校に出かけている。

琴子は泉の朝食も作っていた。自分の朝食はともかく、泉にはしっかり食べさせなければならない。どうするか困ったが、泉は「お兄ちゃんには迷惑かけないよ」と言って、食パンやヨーグルトで簡単にすませている。

琴子がいなくなったぶん、掃除や洗濯など、泉がずいぶん手伝ってくれる。そのうえで、しっかり受験勉強しており、予備校に遅刻することは一度もない。あらためて姪の成長を感じていた。

（俺も、ちゃんとしないとな……）

心のなかで自分に言い聞かせる。

キッチンに入ると、やかんを火にかけた。マグカップを出してコーヒーの準備をするが、ふと淋しさに襲われる。

琴子は家に帰って上手くやっているのだろうか。

――なにかあったときは、いつでも帰ってきてください。

最後にそう言って送り出した。

冗談まじりだったが、帰ってきてほしいという気持ちもあった。あれから一週間がすぎたが、その後、どうなったのかわからない。一度も連絡がないのは、旦那と仲よくやっている証拠だろうか。

トーストを焼くと、マグカップに湯を注ぎ、食卓へと移動する。

ひとりきりの朝食は味気ない。食欲が湧かないが、なにも食べないと昼まで体力が持たない。仕事に集中するためにも、なにか腹に入れておく必要がある。トーストを囓《かじ》り、無理やりコーヒーで流しこんだ。

しばらくしてインターホンが鳴り、沙也香がやってきた。

「おはよう」

リビングに入ってくると、いつものように軽く声をかけてくる。仕事がはじまるまで、まだ十分ほどあった。

「おはようございます。コーヒー、飲みますか？」

和哉は声をかけると、返事を待たずに立ちあがる。キッチンに入り、やかんを火にかけた。

「なにかあったの？」

沙也香が不思議そうに尋ねてくる。食卓につくと、対面キッチンごしに和哉の顔を見つめてきた。

「コーヒーを入れてくれるなんて、めずらしいじゃない」

「いえ、別に……」

一度はごまかそうとするが、すぐに思い直す。やはり、気になっていることを確認したかった。

「琴子さんのことなんですけど、どうなってるのかなと思って……」

「旦那さんと仲よくやってるわよ」

沙也香は拍子抜けするほどあっさり答えた。

「そ、そう……ですか」

予想はしていたが、確認すると淋しさがこみあげる。もう、琴子がここに来ることはないだろう。

コーヒーの入ったカップを沙也香の前に置き、和哉も席に着いた。

「あら、がっかりしたみたいね」

沙也香がからかうように声をかけてくる。

「そ、そんなことないですよ」

ついむきになって言い返す。だが、少し残念に思っているのは事実だ。

「琴子から連絡は受けてたんだけど、高山くんが落ちこむと思って黙っていたの」

沙也香はやさしげな表情になっていた。

やはりできる上司はなんでも見抜いている。琴子に対して恋愛感情を持っていたわけではない。だが、数日間の同居生活で、特別な感情が芽生えていた。家族のような友人のような、不思議な感情だった。

「でも、琴子さんが幸せになってくれたならよかったです」

「そうね……」

沙也香はコーヒーをひと口飲んでつぶやいた。

多くを語ろうとせず、なにかを考えこんでいる。もしかしたら、自分の夫のことを考えているのかもしれない。

会社の方針でテレワークになり、もともと自宅で仕事をしていた夫と四六時中、顔を合わせることになった。その結果、息苦しさを感じて、昼間は和哉の家で仕事をするようになったのだ。

(いつか、係長も……)

いなくなる日が来るかもしれない。

それを思うと、胸の奥が微かに苦しくなった。当初は上司が家に来ることに抵抗があったが、今はすっかり慣れている。セックスしたことで、沙也香への感情は確実に変化していた。

「そういえば、いよいよ明日ね」

沙也香の言葉で、考えないようにしていたことを思い出す。

「はい……」

「暗い顔になってるわよ」

またしても鋭く指摘されてしまう。平静を装っていたつもりだが、どうやら顔に出ていたらしい。沙也香の前で隠しごとはできなかった。

（泉ちゃんも、いなくなるのか……）

そう思うと淋しさがこみあげる。

泉は今日が予備校の夏期講習の最終日だ。今夜はここに泊まるが、明日、地元に帰ることが決まっていた。

「泉ちゃん、かわいいものね」

「そ、そうでしょうか？」

無理をしてつぶやくと、沙也香は目を細めてふふっと笑った。まさか、泉とセックスしたことを知っているのだろうか。

（い、いや、そんなはず……）

心のなかで否定するが、沙也香なら見抜いていてもおかしくない。それほど洞察力が高い女性だった。

「とにかく、今夜は楽しくやりましょうね」

沙也香の言葉に、和哉は気を取り直してうなずいた。

今夜は泉のお別れ会をすることになっている。沙也香も仕事のあと残って、三人でお別れ会をすることになっていた。

「さて、今日も気合を入れて仕事するわよ」

沙也香の言葉ではっとする。

時間を確認すると始業時間の午前九時になるところだ。和哉も慌てて立ちあがり、急いで自室に向かった。

2

「わあ、すごいですね」

予備校から帰ってきた泉は、リビングに入ってくるなり歓声をあげた。

ソファの前のローテーブルには数多くの料理が並んでいる。デリバリーのピザやスーパーで買ってきた惣菜などだ。琴子に教わった料理を披露しようか迷ったが、まだ自信がないのでやめておいた。

「泉ちゃん、手を洗ってきなさい。さっそくはじめましょう」

沙也香が声をかけると、泉は弾むような足取りで洗面所に向かった。

「明るく送り出してあげましょうね」

「そうですね」

和哉は自分に言い聞かせるようにうなずいた。

明日、泉は地元に帰ってしまう。これでお別れだと思うと淋しいが、東京の予備校で学んだことは大きいはずだ。あれほどまじめに勉強していたのだから、来年は第一志望の大学に合格してほしかった。

泉がリビングに戻ってきた。いよいよ、お別れ会のはじまりだ。

「まず、乾杯しましょう」

和哉は冷蔵庫から冷えたビールとオレンジジュースを持ってくる。

泉と沙也香がソファに並んで座り、和哉はカーペットに腰をおろした。沙也香と和哉はビール、泉はオレンジジュースの入ったグラスを手に持った。

「じゃあ、高山くんからひと言どうぞ」

いきなり、沙也香が話を振ってくる。

「は、はい？」

「姪が夏休みの間、遊びたいのを我慢して、がんばって勉強したのよ。おじさんからひと言あってもいいんじゃない？」

確かにそうかもしれない。だが、乾杯だけのつもりだったので、話すことなどなにも考えていなかった。

「え、えっと……泉ちゃん、本当によくがんばりましたね」

和哉は正座をすると、見切り発車で話しはじめる。すると、ローテーブルの向こうから泉がじっと見つめてきた。

「最後に会ったのは七年前、泉ちゃんはまだ小学生でした。あの小さくてかわいかった女の子が、これほど努力できる人になっていたことに驚きました。俺も仕事をもっとがんばらないといけないと思いました」

緊張のあまり、全身汗だくになってしまう。だんだん、なにを言っているのかわからなくなってきた。

「と、とにかく、地元に帰っても……泉ちゃんのことだから、勉強はするだろうけど、健康にも気をつけて、がんばってください」

「お兄ちゃん、ありがとう」

泉が満面の笑みを浮かべてくれる。昔から変わらない、和哉の大好きな無邪気な笑顔だった。

「で、では、泉ちゃんの合格を祈りまして、乾杯っ！」

和哉の音頭で乾杯する。

極度の緊張で喉がカラカラだ。グラスのビールを一気に飲みほすと、沙也香がすかさずおかわりを注いでくれた。

「あっ、すみません。ありがとうございます」

「なかなか、いいスピーチだったじゃない」

めずらしく褒めてくれる。思わず顔を見やると、沙也香は柔らかな笑みを浮かべていた。

「急に振るから焦りましたよ」

「ふふっ、ごめんね。でも、事前に準備するより、いきなりのほうが本音が出るでしょう。きっと、いいスピーチになると思ったのよ」

そう言ってビールを飲む沙也香は楽しげだ。

「でも、本音が出るなら、俺がとんでもないことを言う可能性もあったわけじゃないですか」

「とんでもないことって、なにか特別な思いでもためこんでるの？」

沙也香が首をかしげると、隣でピザにかぶりついていた泉が身を乗り出してきた。

「なになに、お兄ちゃん、わたしのこと、どう思ってたの？」

ふたりの視線が和哉に集中する。

「ち、違いますよ。そういう意味じゃなくて……」

慌てて否定するが、ふたりは疑いの眼差しを向けてくる。だから、よけいに焦ってしまう。

「そ、そりゃ、かわいいと思ってますよ。でも、それは姪としてであって……お、俺はあくまでも、おじさんとして……」

しゃべればしゃべるほど、必死に言いわけしているような感じになる。どうすればいいのかわからなくなり、ついには黙りこんだ。

なにしろ、一度だけだが泉とセックスしている。そのことを沙也香は知らないはずだが、もしかしたらばれているのだろうか。目の前のふたりを見ていると、泉が話してしまった可能性も否定できなかった。

「フッ……なに慌ててるのよ」

最初に笑ったのは沙也香だ。

「プッ……お兄ちゃん、焦っちゃって」

つづいて泉が噴き出した。

どうやら、からかわれていただけらしい。和哉はひとりで勝手に慌てて、危うく墓穴を掘るところだった。

「も、もう、勘弁してくださいよ」

「ふふっ、さあ、飲んで飲んで」

沙也香がビールを注いでくれる。和哉はやけになってがぶ飲みした。

そのあとも楽しく話しながら飲み食いして、おおいに盛りあがった。大人たちの飲み物はビールからワインに変わっていた。

「泉ちゃん、お酒、飲んだことあるの？」

沙也香がふいに話を振る。

「いえ……」

「このワインなら甘いから大丈夫じゃないかしら」

「か、係長、泉ちゃんは未成年ですよ」

和哉は慌ててやめさせようとする。ところが、沙也香は聞く耳を持たず、グラスに赤ワインを注いでいく。

「なに堅いこと言ってるの。今日は最後の夜なんだから、ちょっとぐらい、いいでしょう。何事も経験よ。はい、飲んでみて」

グラスを差し出されると、泉は躊躇することなく手に取った。そして、ピンクの唇をつけて、ほんの少し口に含んだ。

「んっ……甘くておいしいです」

「でしょ。ゆっくり飲みなさいね」

女同士で楽しそうにしている。沙也香も強要することはないだろう。飲みすぎなければいいと思って、和哉もうるさく言うのはやめにした。

「じゃあ、そろそろあれを出そうかしら」

沙也香が立ちあがり、キッチンに向かう。和哉は察して、ローテーブルの中央にスペースを作った。

戻ってきた沙也香は、デコレーションケーキを手にしていた。生クリームたっぷりで、イチゴがたくさん載っている。中央のプレートには「泉ちゃん、がんばれ」と書いてあった。

沙也香が近所のケーキ屋さんに注文してくれたのだ。

泉が予備校に行っている間に、和哉が受け取りに行ってきた。あとは沙也香がタイミングを見計らって出す計画だった。

「すごい、うれしいです」

泉が瞳を輝かせる。ワインを飲んでいるせいもあるのか、一気にテンションがアップした。

「甘い物が好きだって言ってたでしょ。たくさん食べなさい」

「係長が泉ちゃんのために用意してくれたんだよ」

沙也香はソファに座ると再びワインを飲みはじめる。和哉はケーキを切りわけて皿に載せた。

「ありがとうございます。いただきまーす」

泉はさっそくフォークでケーキを口に運び、満面の笑みを浮かべた。

おいしいを連発して食べている。これほど喜んでくれると思わなかった。姪の無邪気な姿を目にして心が和《なご》んだ。魅力的に成長したが、昔の純真無垢《むく》な姿がふと脳裏によみがえった。

皆でケーキを食べながら、しばらく歓談した。すると、泉がうとうとしはじめた。どうやら、ワインの酔いがまわったらしい。

「少し酔ったかもしれないわね。部屋で休んだほうがいいんじゃない？」

声をかけると、泉は素直にうなずいた。

「すみません……沙也香さん、お兄ちゃん、おやすみなさい」

赤い顔をしているが、気分は悪くないようだ。泉はふらふらと自分の部屋に入っていった。

3

「そんなところにいないで、隣に来なさい」

ふたりきりになると、沙也香が命令口調で語りかけてきた。

「は、はい……」

和哉は急いでソファに移動して、彼女の隣に腰をおろす。並んで座ると、とたんに緊張感が高まった。

「じゃあ、飲み直しましょうか」

沙也香が新しいワインを開けて、グラスに注いでくれる。

これくらいで終わるはずがないと思っていたが、まだまだ飲むつもりらしい。予想はしていたが、内心身構えてしまう。それと同時に、期待がふくれあがるのを抑えられない。

(酔っぱらったら、もしかして……)

酒が入ると、沙也香は淫らな気分になることを知っていた。

さりげなく隣を見やり、沙也香の横顔を確認する。頬はほんのり桜色に染まっているが、どれくらい酔っているのかはわからなかった。

「もう一度、乾杯しましょうか」

沙也香がグラスを持ちあげる。

「は、はい……乾杯」

和哉も慌ててグラスを手に取った。

(なんか、おかしいな……)

ワインを口に含みながら、違和感を覚えていた。

沙也香のことだから酒をガンガン飲むか、淫らになって迫ってくるか、どちらかだと思った。ところが、今夜はやけに静かに飲んでいる。先ほどまでとは一転して、落ち着いた雰囲気になっていた。

「最近、がんばってるじゃない」

二杯目のワインを飲みはじめたときだった。沙也香が意外な言葉を口にした。

一瞬、呆気に取られてしまう。仕事に関してあまり褒められたことがないので、なにを言われたのかわからなかった。

「家だとさぼるんじゃないかと思ったけど、会社のときより仕事が早いし、ミスも確実に減っているわ」

「そ、そうでしょうか……」

和哉は恐縮してつぶやいた。

普通にテレワークをしていたら、さぼってばかりだっただろう。上司が同じ家にいるから、仕方なく仕事をしていただけだ。しかし、いつしか仕事をするのが当たり前になっていた。

「高山くんの場合はテレワークのほうが向いているのかもしれないわね」

「係長がいたからです。いろいろ、教えていただけましたから」

そう言いながら、空になった沙也香のグラスにワインを注いだ。

「もう、わたしがいなくても大丈夫よ」

沙也香はグラスを手に取り、ぽつりとつぶやいた。

やはり、なにか様子がおかしい。褒められて悪い気はしないが、沙也香らしくなかった。

なんとなく話しかけづらくなり、和哉はワインをちびちび飲んだ。話題を変えたほうがいいかもしれない。明るい話題を探すが、なにも思い浮かばなかった。

「じつはね……」

おもむろに沙也香が切り出した。

「営業部に異動が決まったの」

まったく予想していない言葉だった。

沙也香は経理部の係長で、部員たちから全幅の信頼を寄せられている。そんな彼女が、まさか畑違いの営業部に異動するとは思いもしなかった。いったい、なにがあったというのだろうか。

「どうして、急に……」

突然のことに、和哉は驚きを隠せない。思わず不満げな声を漏らしてしまう。

「急でもないのよ。もともと、異動願いを出していたの」

沙也香は穏やかな口調で語りはじめた。

以前から営業部への異動願いを出していたという。そして最近、営業部で空きができたため、急遽、異動することになったらしい。

沙也香のように優秀な人材が抜けるとなると、普通なら上司が人事部にかけあって引きとめようとするものだ。しかし、課長と折り合いが悪かったため、あっさり異動が決まったのだろう。

「営業部でバリバリ働いてみたかったのよ」

確かに沙也香なら営業部のほうが向いているかもしれない。なんとなく、和哉もそう感じていた。

「もう、ここに来ることもなくなるわね」

外まわりが中心の部署なので、テレワークではなくなるという。

「そんな……」

それ以上、言葉にならない。自分だけ取り残されたような気がして、胸に空虚感がひろがっていく。

「会社勤めをしていれば、こういうこともあるわ」

沙也香の口調はさばさばしている。だが、見つめてくる瞳に、淋しさが漂っている気もした。

「高山くんはもう大丈夫よ。わたしが保証するわ」

そう言われても、和哉はなにも答えられない。すると、沙也香がすっと身体を寄せてきた。

「最後だから……」

耳もとでささやきかけてくる。

腕に触れている女体は熱く火照っていた。酔ったことで、淫らな気分になっているらしい。沙也香の手が、短パンの上から股間に重なってくる。まだ柔らかいペニスを布地ごしに撫でまわしてきた。

「うっ……か、係長」

軽く触れられただけでも、甘い刺激がひろがっていく。心の片隅で期待していたことが、現実になろうとしていた。

「今夜は楽しみましょう」

「で、でも、泉ちゃんが……」

それだけが気になっている。

以前、沙也香とセックスしているところを目撃されていた。再びそんな姿を晒したくなかった。そんな思いとは裏腹に、早くもペニスはむくむくとふくらみはじめていた。

「泉ちゃんのことが気になるの？　でも、あの様子なら寝てるから大丈夫よ」

沙也香は短パンのウエスト部分に指をかけると、ボクサーブリーフといっしょに引きさげていく。和哉は困惑しながらも、尻を持ちあげて協力した。

「ほら、もうこんなになってるじゃない」

短パンとボクサーブリーフが膝までずらされて、そそり勃《た》ったペニスが剥き出しになる。沙也香はさっそく太幹をつかんできた。

「ううっ……」

快感の微電流が走り抜けて、小さな声が漏れてしまう。期待がどんどんふくれあがり、尿道口から透明な汁が滲みはじめた。

「ああっ、硬い」

沙也香がため息まじりにつぶやき、太幹に巻きつけた指をスライドさせる。ゆったり擦られるだけで、愉悦が湧きあがった。

「くうっ、こ、声が……」

「我慢しなさい。泉ちゃんが起きてきたら困るでしょ」

和哉が懸命に声をこらえる姿を、沙也香はさも楽しげに見つめている。そして、ペニスをゆるゆるしごき、さらなる快感を送りこんできた。

「ダ、ダメです……ううッ」

「こんなに大きくしてるくせに、なにがダメなの？」

「こ、声……や、やばいですっ」

ソファに腰かけた状態で、体が仰け反っていく。両手の爪をソファの座面に食いこませて、ペニスの先端からカウパー汁を噴きこぼした。

沙也香の口もとには微笑が浮かんでいる。ペニスが硬くなるほど、彼女も昂るらしい。指をゆったりスライドさせて、太幹をねちっこく擦りあげてくる。カウパー汁が亀頭を覆いつくして、さらには竿も濡らしていく。そこをヌルヌルしごかれることで、さらなる快楽がふくらんだ。

「お兄ちゃん……」

突然、背後から呼びかけられる。

はっとして振り返ると、リビングのドアの前に泉が立っていた。ピンクのパジャマ姿で、頬の筋肉をひきつらせている。和哉の声が聞こえたのか、目を覚まして起きてきたらしい。

「なにしてるの？」

泉が恐るおそるといった感じで歩み寄ってくる。そして、ソファをまわりこんだところで立ちつくした。

「こ、これはその……」

ごまかそうとするが途中であきらめた。

和哉は短パンとボクサーブリーフを膝までおろして、剝き出しのペニスを沙也香がしごいているのだ。こんな場面を見られたら言いわけのしようがない。泉が驚くのは当然のことだった。

「見られちゃったなら仕方ないわね」

沙也香は悪びれた様子もなく、ペニスをしごきつづけている。

酔っているせいなのか、それとも開き直っているのか、もしかしたら最初から見せつける気だったのかもしれない。慌てるどころか唇の端に笑みを浮かべて、ペニスをねちっこく愛撫していた。

「か、係長……まずいです」

「今さら隠すことないじゃない。前にも見られてるんだから」

沙也香の唇から驚きの言葉が紡がれる。

以前、和哉の部屋で沙也香とセックスしたことがある。その現場を目撃されて、結局、泉とも身体の関係を持ってしまった。あのとき、のぞかれていたことに沙也香は気づいていたらしい。

「ど、どうして、そのことを……」

「やっぱり、泉ちゃんだったのね。誰かはわからなかったんだけど、ドアの向こうに人の気配を感じたのよ」

沙也香が言い放つと、泉はむっとした様子で口を開いた。

「上司の立場を利用して、お兄ちゃんを誘惑したんですね」

「あら、高山くんは悦んでるのよ。ほら、こんなにビンビンにしてるじゃない」

ペニスをキュッと握られて、強い刺激が走り抜ける。

「くうぅッ、つ、強いです……」

和哉はたまらず訴えるが、感じているのは事実だ。

「わたしが筆おろしをしてあげたのよ」

沙也香は指先で我慢汁を塗り伸ばし、亀頭をヌルヌル撫でまわしてくる。快感がひろがり、和哉は反射的に股間を突きあげた。

「ほら、高山くんの感じるところは全部わかるのよ」

挑発するように沙也香が言うと、なぜか泉がパジャマを脱ぎはじめる。そして、あっという間に淡いピンクのブラジャーとパンティだけになった。

4

「わたしも、まぜてください」

泉は頬を赤く染めながらブラジャーを取り去り、ほどよいサイズの乳房を剝き出しにする。さらにはパンティもおろして、つま先から抜き取った。

十九才の瑞々しい女体が、すべて露になっている。染みひとつない白い肌が印象的だ。恥ずかしそうに顔をそむけるが、薄ピンクの乳首はぷっくり隆起している。この状況に興奮しているのは明らかだった。

「まだ毛も生えそろってないじゃない」

沙也香が挑発するようにつぶやいた。

確かに、泉の恥丘には陰毛がうっすらとしか生えていない。白い地肌と縦溝が透けていた。

「わたしだって、お兄ちゃんのこと、すごく気持ちよくしてあげたんだから」

泉はむきになって言うと、ソファに腰かけている和哉の足もとにひざまずく。そして、膝にからんでいた短パンとボクサーブリーフを脚から抜き取った。

「い、泉ちゃん、ちょっと――」

「お兄ちゃんは静かにして」

和哉の言葉には耳を貸さず、泉は沙也香の手からペニスを奪い取る。なにをするのかと思えば、いきなり亀頭をぱっくり咥えこんできた。

「おおおッ」

熱い口腔粘膜に包みこまれて、たまらず呻き声が溢れ出す。唾液を乗せた舌がからみつき、亀頭の表面をヌメヌメと這いまわる。快感がふくれあがり、腰に小刻みな震えが走り抜けた。

「まじめなだけじゃなくて、意外に積極的なのね」

沙也香は立ちあがると、ブラウスのボタンをはずしていく。前を開いて腕から抜き取り、ベージュのブラジャーが露出した。タイトスカートをおろして、ストッキングも引きさげれば、やはりベージュのパンティが見えてくる。

「か、係長まで……」

「どっちのほうがいいか、高山くんが決めるのよ」

懸命にペニスをしゃぶる泉に対して、沙也香は余裕の表情だ。

ブラジャーを取り去れば、たっぷりした乳房がまろび出る。タプンッと揺れる柔肉の頂点では、紅色の乳首が揺れていた。

パンティのウエストに指をかけて、前かがみになりながらおろしていく。見られていることを意識しているのか、腰を左右にくねらせる姿が色っぽい。やがて逆三角形に手入れされた陰毛が露になった。

沙也香は再び隣に腰かけると、和哉のTシャツを頭から抜き取ってしまう。これで三人とも全裸になった。

「あ、あの、係長――」

いきなり、沙也香は和哉の乳首に吸いついてきた。

「そ、そこは……ううッ」

口に含んで舌先で舐めまわし、硬くなったところを前歯で甘噛みする。そして、再び唾液をねっとり塗りつけてきた。

こうしている間も、泉はペニスを口に含んで、舌を這いまわらせている。さらには首をゆったり振り、唇で太幹をしごいてきた。

「ンっ……ンっ……」

泉の微かな声が興奮を煽り立てる。

かわいい姪がペニスをしゃぶり、美人上司の沙也香が乳首を舐めている。二カ所を同時に愛撫されることで、快感がどんどん大きくなっていく。相乗効果でペニスも乳首もかつてないほど硬くなっていた。

「ま、待ってください……くううッ」

和哉の声は無視されて、ふたりは濃厚な愛撫を施してくる。泉はペニスを口に含んで首を振り、沙也香は双つの乳首を交互に舐めしゃぶっていた。

「体がヒクヒクしてるじゃない。そんなに感じるの？」

沙也香が楽しげに尋ねてくる。

見あげてくる瞳はしっとり潤んでいた。和哉を愛撫することで、彼女も興奮しているのではないか。呼吸がハアハアと乱れており、先ほどから内腿をもじもじ擦り合わせていた。

「ああっ、わたしも……」

沙也香はペニスをしゃぶっている泉を見てつぶやくと、ソファからおりてひざまずく。そして、泉の隣に無理やり入りこんだ。

「あンっ、邪魔しないでください」

泉がペニスを吐き出して不満げにつぶやく。すると、沙也香が横から亀頭を舐めはじめた。

「泉ちゃんこそ、独り占めしないで」

舌を伸ばして、亀頭の側面を舐めあげる。泉の唾液と我慢汁が付着しているが、そんなことは気にならないらしい。舌先をじりじり這わせては、唇を押し当ててキスしてくる。

(か、係長まで、俺のチ×ポに……)

セックスは二度したが、沙也香にフェラチオされるのははじめてだ。上司の舌が触れていると思うと、これまでにない興奮が押し寄せた。

「あっ、ダメですよ。お兄ちゃんはわたしが気持ちよくしてあげるんです」

泉も反対側から亀頭を舐めてくる。舌先でカリ首をくすぐり、唾液をたっぷり塗りつけてきた。

(ほ、本当にこんなことが現実に……)

和哉は思わず言葉を失った。

己の股間を見おろせば信じられない光景がひろがっている。大きく開いた脚の間に、泉と沙也香が並んでひざまずいている。そして、勃起したペニスを左右から競うようにペロペロ舐めているのだ。

ふたりがかりで愛撫されるのは強烈な刺激だ。ふたつの舌がそれぞれ違うペースで不規則に動くため、快感に備えることができない。太幹や亀頭を舐められながら、カリや尿道口をくすぐられる。ふたりに好き放題されて、愉悦の波が次から次へと襲ってきた。

「くううッ、ちょ、ちょっと待ってください」

悲痛な声で訴えると、ようやくふたりはペニスから口を離す。そして、唾液にまみれた肉棒ごしに見あげてきた。

「まさか、もう降参じゃないわよね」

沙也香はまだ舐めたりない様子だ。

「お兄ちゃんを、もっと気持ちよくしてあげたいな」

泉も愛撫をつづける気でいる。

ふたりは対抗意識を燃やしており、互いに一歩も引く様子がない。自分のほうがより和哉を感じさせようと躍起になっていた。

「そうだ。お兄ちゃん、ちょっと立ってみて」

泉に言われるまま立ちあがる。すると、泉はすかさず背後でしゃがみこみ、和哉の尻を両手で割り開いた。

「ここ、舐められたことある？」

「お、おい、なにを――ひううッ」

経験したことのない刺激がひろがり、裏返った声が漏れてしまう。

泉は臀裂に顔を埋めて、肛門に舌を這わせてきたのだ。舌先でネチネチ舐めまわされると、くすぐったさをともなう危うい快感がひろがった。

「ちょっと、なにやってるの？」

沙也香も驚いた声をあげる。

だが、すぐにライバル心に火がついたらしい。正面でしゃがんで太幹を握ると、股間に顔を寄せてきた。

「泉ちゃんがそこまでやるなら、わたしも黙ってないわよ」

体勢を低くして、脚の間に潜りこむような格好になる。そして、いきなり陰嚢に舌を這わせてきた。

「おおおッ」

たまらず声が漏れてしまう。

陰嚢《いんのう》を舐められるのも、はじめての経験だ。柔らかい舌が這いまわり、皺《しわ》の間に唾液が染み渡っていく。ネロリ、ネロリと舐めあげられるたび、蕩けるような快感がひろがった。

泉も休むことなく尻穴をねぶりまわしている。舌先をやさしく動かしては、ときおり肛門の中心部を突っついてきた。

「そ、そんなところ……くううッ」

かわいい姪が尻の穴を舐めている。唾液でヌルヌル滑る感覚が気持ちよくて、呻き声がこらえられない。今にも肛門のなかに舌先が入ってきそうな、危うい快感に襲われていた。

(ま、まさか、こんなことが……)

膝がガクガク震えて、立っているのもやっとの状態だ。

もしかしたら、夢を見ているのではないか。だが、実際にふたりの女性が前後から愛撫を施している。尻穴と陰嚢を執拗にしゃぶられて、全身がトロトロになるほどの快楽にまみれていた。

「お兄ちゃんのお尻の穴、ヒクヒクしてるよ」

「高山くん、袋を舐められるのも気持ちいいでしょう?」

泉も沙也香も愛撫をやめようとしない。ふたりは競うように舌を使い、次から次へと甘い刺激を送りこんでくる。

「そ、それ以上されたら……うウッ」

このままだと、すぐに限界が訪れてしまう。

射精欲が生じたと思ったら、急速にふくらみはじめる。慌てて尻の筋肉に力をこめて、暴走しそうな欲望を抑えこむ。しかし、屹立したペニスの先端からは、次から次へと先走り液が溢れている。ついには透明な糸を引いて、カーペットにツツーッと滴《したた》り落ちた。

未知の愉悦が次から次へと押し寄せて、頭のなかが紅蓮《ぐれん》の炎に包まれる。このままでは本当に暴発してしまう。

「ま、待ってくださいっ」

和哉は身をよじり、ふたりの愛撫を強引に中断させる。

「お兄ちゃん、どうしたの？」

「急に大きな声を出さないでよ」

泉と沙也香が不満げにつぶやく。しかし、和哉は答えることなく、ローテーブルを部屋の隅に押しやった。

「今度は俺の番ですよ」

ふたりを交互に見やって声をかける。

「ここに寝てください」

カーペットの上で横になるように言うと、泉と沙也香は期待に瞳を輝かせながら仰向けになった。

「これでいいの？」

「どうやって、気持ちよくしてくれるのかしら」

姪の瑞々しい裸体と、上司の熟れた女体が並んでいる。泉は発展途上の初々しさがあるが、沙也香は女の色香をむんむんと漂わせていた。

和哉に愛撫したことで昂っているのだろう。ふたりとも待ちきれないといった感じで腰をくねらせている。泉のなだらかな乳房と、沙也香のたっぷりした乳房が、誘うようにタプタプと揺れていた。

（どうすればいいんだ……）

反撃の準備は整ったが、いざとなるととまどってしまう。

ふたりを同時に相手にしたことなどあるはずがないし、そもそも経験が不足している。相手がひとりだとしても、感じさせる自信がない。とにかく、ふたりの間にしゃがみこんだ。

両手をそれぞれ泉と沙也香の太腿に重ねていく。恐るおそる撫でまわすと、ふたりはほぼ同時に女体をよじらせた。

「あンっ、くすぐったい」

「ンっ……これくらいじゃ感じないわよ」

泉はくすぐったいとつぶやき、沙也香は強気な言葉を放つ。

いずれにせよ、敏感になっているのは間違いない。両手でふたりの太腿を撫でてあげて、徐々に股間へと近づける。やがて手のひらが恥丘に差しかかり、陰毛の感触が伝わってきた。

泉の陰毛は極細で、しかもうっすらとしか生えていないため、じつに繊細な触り心地だ。沙也香の陰毛は一本いっぽんがしっかりしているので、手のひらの表面を強く押し返してきた。

(ようし、こうなったら……)

遠慮していても仕方がない。

和哉は両手の中指を、それぞれふたりの股間に潜りこませていく。内腿の隙間に押しこんで、指の腹を女陰にぴったり密着させた。

「あっ……お、お兄ちゃん」

「はンンっ……」

泉の甘い声と沙也香の抑えた声が重なった。

指先に確かな湿り気を感じている。ふたりの女陰は、すでにたっぷりの愛蜜で濡れていた。

「ふたりともトロトロになってますよ」

両手の指先で陰唇を撫であげる。愛蜜のぬめりと女陰の柔らかさが伝わり、和哉のテンションもあがっていく。

「ああっ、そ、そこ……」

「はあンっ……た、高山くん」

ふたりの喘ぎ声を聞きながら、指をそっと曲げてみる。すると、中指の先端が陰唇の狭間にヌプリッと沈みこんだ。

「あああッ、感じちゃう」

「はうンンッ」

泉が甘い声を漏らして腰を震わせる。沙也香は下唇を噛みしめるが、やはり腰がわずかに震えていた。

(す、すごい……ふたりとも感じてるんだ)

和哉はこの状況にかつてない昂りを覚えている。

テレワークがはじまる前は童貞だったのに、今はふたりの女性を同時に相手にしているのだ。現実離れしているが、夢を見ているわけではない。すべては実際に起きていることだった。

（も、もう……挿《い》れたい）

ふくらみつづける欲望を抑えられない。和哉はふたりの股間から手を離すと、汗ばんだ女体を交互に見やった。

「ふたりとも四つん這いになってください」

どうせなら、まだやったことのない体位で貫いてみたい。バックで挿入して、思いきり腰を振ってみたかった。

「お兄ちゃん、これでいいの？」

まずは泉がその場でうつ伏せになり、肘と膝をカーペットについて、尻を高く持ちあげていく。

「わたしだって……これでいいんでしょ？」

沙也香も慌てて泉の隣で這いつくばり、獣《けもの》のポーズを取った。

（おおっ、これは、なかなか……）

思わず目を見張るほどの絶景だ。

十九歳の張りのある若尻と、三十歳のむっちりした熟尻が並んでいる。どちらも捨てがたいが、先に尻を掲げたのは泉だった。

和哉は泉の背後で膝立ちになり、瑞々しい尻のまるみに手を這わせた。プリッと張りつめて、尻たぶの頂点が上を向いている。なめらかな肌触りに感動しながら、臀裂をそっと割り開いた。

「あっ……」

泉が小さな声を漏らすのと同時に、愛らしい肛門とパールピンクの陰唇が剝き出しになる。尻穴が恥ずかしげに収縮して、女陰が新たな愛蜜を溢れさせながら物欲しげに蠢いた。

「ここにほしいんだね」

和哉はペニスの先端を女陰に押し当てる。それだけでクチュッという湿った音がリビングに響いた。

「あンっ」

「ちょっと、どうして泉ちゃんが先なのよ」

泉の愛らしい声に、沙也香の怒気を含んだ声が重なった。

「か、係長は、トリということで」

和哉が苦しまぎれにつぶやくと、沙也香はとりあえず納得してくれたのか、四つん這いのまま黙りこんだ。

「じゃあ、泉ちゃん……いくよ」

ペニスの先端で膣口を探り当てると、腰をゆっくり押し出していく。亀頭が柔らかい部分を圧迫して、やがてヌプッと沈みこんだ。

「あああッ」

泉の背中が反り返り、甲高い声が溢れ出す。

亀頭はあっという間に入りこみ、さらには太幹もゆっくり進んでいく。熱い膣襞がからみついてくるなか、休むことなく根元まで挿入した。

（よ、よし、入ったぞ）

和哉は思わず心のなかでガッツポーズをする。なにしろ、これがはじめてのバックだ。上手く挿入できたことでほっとした。

「う、動くよ……んんっ」

くびれた腰をつかみ、ペニスをゆっくり引き出していく。亀頭が抜け落ちる寸前でとまり、再びじわじわと押しこんだ。

「ああンっ、お、お兄ちゃん」

四つん這いになった泉が、濡れた瞳で振り返る。そして、焦れたように腰をくねらせた。

「も、もっと……」

どうやら、激しいピストンを欲しているらしい。しかし、スピードをあげると、すぐに限界が訪れそうだ。それでも理性の力を総動員して快感を抑えこみ、腰をグイグイと振り立てた。

「あッ……あッ……」

とたんに泉が切れぎれ声をあげて、尻を自ら押しつけてくる。感じているのは明らかで、膣道全体が猛烈に収縮した。

「ううウッ、い、泉ちゃんっ」

和哉もこらえきれない呻きを漏らす。

熱い媚肉が敏感に反応して、ペニスを締めつけてくる。四つん這いの女体がくねる様子も、和哉の欲望を煽り立てた。

自然とピストンが速くなり、ペニスを力強く出し入れする。亀頭の先端を深い場所まで押しこみ、張り出したカリで膣壁を擦っていく。すでに膣のなかは愛蜜にまみれており、抽送に合わせて湿った蜜音が響いていた。

「ああッ……ああッ……い、いいっ」

泉の唇から快感を訴える声が溢れ出す。両手の爪をカーペットに立てて、いつしか全身を波打たせていた。

「気持ちいい、あああッ、気持ちいいようっ」

「お、俺も……くううッ」

和哉も思わずつぶやくと、隣で黙って見ていた沙也香が声をかけてくる。

「まだダメよ。わたしもいることを忘れないでね」

そう言われて気合を入れ直す。

「は、はい……ううぅッ」

なんとか快感を抑えこんで腰を振る。

まだ経験は浅いが、それでもゼロではない。セックスの快楽を知っているので、ギリギリのところで耐えられた。

（い、泉ちゃんだけ……）

そんなことが可能だろうか。しかし、やるしかない。和哉は奥歯が砕けそうなほど食いしばり、ペニスを膣道の奥深くに何度もたたきこんだ。

「あああッ、い、いいっ」

泉の背中がますます反り返る。和哉はここぞとばかりにペニスを深く深くうがちこんだ。

「くうううッ」

「はああッ、い、いいっ、イクッ、イクイクッ、あぁあああああああッ！」

ついに泉が絶叫にも似たよがり泣きを響かせる。四つん這いの女体を激しく震わせて、一気に絶頂へと昇りつめた。

女壺が猛烈に締まり、ペニスが奥へと引きこまれる。射精欲が盛りあがるが、全身の筋肉を力ませて耐え忍ぶ。大量のカウパー汁が噴き出すが、なんとか射精は踏みとどまった。

（あ、危なかった……）

額に滲んだ汗を手の甲で拭うと、ペニスをゆっくり引き抜いた。ハアハアと息を乱す
泉が力つきたように倒れこみ、カーペットに突っ伏した。ハアハアと息を乱すだけ
だけで、言葉を発する余裕もないようだった。

「高山くん……お願い」

すぐに沙也香が声をかけてくる。人妻が四つん這いで、高く掲げたヒップを右に左に揺らしていた。

（よ、よし……）

和哉の興奮も最高潮に高まっている。沙也香の背後に移動すると、熟れた尻を撫でまわした。

（おおっ……なんて柔らかいんだ）

思わず腹のなかで唸った。

泉の張りのある尻とはまったく異なる感触だ。まるで搗《つ》き立ての餅《もち》のように柔らかくて、しっとりしている。揉んでみると、指がいとも簡単に沈みこんだ。そのまま臀裂を左右に開けば、少しくすんだ色の肛門と濃い紅色の女陰が見えてきた。

（係長が、こんなに濡らして……）

大量の華蜜で濡れており、発情した牝《めす》の匂いが漂っている。これほど濡れているのなら、いっさい遠慮はいらないだろう。

勃起したペニスを突き立てると、ひと息に根元まで貫いた。

「ふんんッ」

「はあああッ、い、いきなり……」

沙也香が甲高い声を響かせる。

振り返って抗議するような瞳を向けてくるが、和哉は欲望にまかせて腰を振りはじめた。

「ああッ、ちょ、ちょっと……あああッ」

「か、係長っ、すみません、俺、もう我慢できないんです」

くびれた腰をつかみ、屹立したペニスをグイグイ送りこむ。みっしりつまった媚肉を亀頭でかきわけて、太幹を何度も出し入れする。膣が驚いたようにうねり、思いきり男根を締めつけてきた。

「くおおおッ」

「は、激しいっ、あああッ、ま、待って……」

沙也香が慌てた様子で訴えてくる。筆おろしをしてくれた女性を喘がせていると思うと、なおさら興奮がふくれあがった。

「も、もう、とめられませんっ、ぬおおおおッ」

ここまで我慢してきたぶん、射精欲は勢いよく高まっていく。

頭のなかが熱く燃えあがり、いつしか視界がまっ赤に染まっていた。腰をリズミカルにぶつけて、ペニスを連続で出し入れする。沙也香の熟尻がパンッ、パンッと小気味よい音を響かせた。

「ああッ……あぁッ……」

沙也香も手放しで喘いでいる。膣奥を突かれるのがいいらしく、背中が弓なりに反り返った。

結合部分から華蜜が飛び散り、まる見えの肛門が収縮していく。膣も締まって、ペニスが蕩けそうな愉悦に包まれる。快感が大きくなるにつれて、抽送速度はさらにあがった。

（ま、まだだ……もう少し……）

懸命に耐えながら腰を振る。

回数は少ないながらも短期間に経験を積んできた。射精欲は決壊寸前まで高まっているが、なんとかこらえてペニスを突きこんだ。

「い、いいっ、あああッ、いいわっ」

沙也香の喘ぎ声がいっそう艶を帯びる。和哉の抽送に合わせて尻を突き出し、より深くまでペニスを迎え入れた。

「くおおおッ、か、係長っ、おおおおッ」

「あああッ、いいっ、いいわっ、もっと来て、高山くんっ、あああッ」

あの沙也香がよがり狂っている。誰からも慕われている係長が、己のペニスで感じているのだ。この状況で我慢できるはずがなく、和哉はいよいよラストスパートのピストンをくり出した。

「お、俺、もうっ、おおおッ、で、出るっ、ぬおおおおおおおおッ！」

熱い媚肉に包まれて思いきり射精する。膣襞がヌルヌル這いまわり、ペニスが溶けていくような愉悦に襲われた。尿道口から精液が噴き出すたび、頭のなかがまっ白になっていく。

「はあああッ、す、すごいっ、あああッ、イクッ、イクイクうううッ！」

沙也香もアクメの声を響かせる。両手でカーペットをかきむしり、女体をガクガク震わせた。女壺は歓喜するように蠕動して、ペニスをしっかり食いしめながら、熱い白濁液を嬉々として受け入れた。

もう、なにも考えられない。和哉は女上司の尻を抱えこみ、ペニスを深く挿入した状態で絶頂感に酔いしれた。

エピローグ

和哉は電車に揺られて会社に向かっている。

この日は久しぶりの出社日だ。テレワーク生活になり、スーツを着るのは出社日だけになっていた。

週に一度か二度とはいえ、満員電車はいやなものだ。ドアに体を押しつけて、車窓を流れる景色に目を向ける。そのとき、ふと淋しさに襲われた。

三人ともいなくなってしまった。

沙也香、琴子、泉。三人の女性と暮らした日々が懐かしい。今となっては、すべてが夢のようだった。

沙也香は営業部でバリバリ働いている。琴子も夫と上手くやっているとメールで報告してきた。泉は地元に帰って受験勉強に励んでいるらしい。みんな、それぞれの場所でがんばっている。

（これでよかったんだ……）

心のなかでつぶやき、自分に言い聞かせた。

三人との共同生活は、テレワークが偶然作り出した奇跡の時間だった。出会いがあれば別れもある。残念だが仕方のないことだった。

沙也香には仕事を見てもらい、琴子には家事を教えてもらった。泉が目標に向かってがんばる姿にも大きな影響を受けた。

三人のおかげで少しは成長できたと思う。以前とは、仕事に取り組む姿勢が違っている。楽をすることしか考えていなかったが、テレワークがきっかけとなり、今は責任感が芽生えていた。


「ここ間違ってるから直しておいて」

和哉は後輩ＯＬ、三崎佳純《みさきかすみ》にそっと耳打ちした。

佳純はひとつ下の二十四歳、地味な印象だが、よく見ると愛らしい顔立ちをしている。その佳純が作った書類が間違っていた。課長に見つかると、しつこく説教されることになる。そうなる前に発見できてよかった。

「あっ、すみません。ありがとうございます」

佳純は課長席をチラリと見やり、小声でつぶやいた。

誰もが課長の説教には辟易《へきえき》している。以前は沙也香がみんなの仕事をチェックしてくれたが、新しい係長はそこまで手がまわらない。今はそれぞれが気をつけるしかなかった。

やがて昼休みになり、和哉は近所の公園に向かった。

気持ちのいい青空の下、ベンチに腰かけて、自分で作った弁当を広げる。そのとき、佳純が隣に座った。

「さっきは、ありがとうございました」

「たいしたミスじゃないけど、課長がうるさいからね」

説教するつもりはない。自然と責任感が芽生えて、ミスは減っていくはずだ。

「お弁当なんですね。誰か作ってくれる人がいるんですか？」

佳純はコンビニのサンドウィッチとお茶を手にしていた。

「自分で作ってるんだよ」

「高山先輩って、仕事ができるだけじゃなくて、お料理も上手なんですね。教えてもらいたいくらいです」

そうつぶやく佳純の顔が眩《まぶ》しかった。

「教えてあげるよ。今度、うちに来ない？」

思いきって誘ってみる。すると、佳純はうれしそうにうなずいた。

土曜日、佳純は本当にやってきた。

スーツ姿しか見たことがなかったので、グリーンのフレアスカートに白いブラウス姿が新鮮だった。いつもとは異なる佳純を前にして、胸の高鳴りを抑えられなくなってしまう。

ふたりきりだと思うと緊張する。自宅に女性をあげるのは、あの三人がいなくなって以来だ。

とにかく、リビングに案内すると、コーヒーを飲んで軽く雑談を交わす。そうしながら、なんとか緊張をといていった。

そのあと、並んでキッチンに立ち、いちばん得意なスパゲッティのナポリタンを教えた。佳純がいちいち褒めてくれるので、つい調子に乗ってしまった。できあがると、ソファに移動して食事をしながらワインを飲んだ。

「高山先輩、かっこよくなりましたね」

佳純は恥ずかしげにささやいた。

和哉は思いきって彼女の肩に手をまわす。すると、佳純は肩にそっと寄りかかってきた。ここまで来て迷うことはない。唇をそっと重ねていく。

「ンっ……先輩……」

佳純が唇を半開きにして、自然とディープキスになっていた。

以前の自分とは確実に変わっている。まさか、後輩のＯＬを自宅に連れこむ日が来るとは思わなかった。
脳裏に三人の女性が浮かんでいる。和哉は心のなかで感謝しながら、佳純と抱き合ったままソファに倒れこんだ。

（了）

＊本作品はフィクションです。作品内の人名、地名、団体名等は実在のものとは関係ありません。

長編小説

おうちでハーレム

葉月奏太《はづきそうた》

2021年6月7日　初版第一刷発行

ブックデザイン……………………橋元浩明（sowhat.Inc.）

発行人……………………………………後藤明信
発行所…………………………………株式会社竹書房
〒102-0075　東京都千代田区三番町8－1
三番町東急ビル6F
email：info@takeshobo.co.jp
http://www.takeshobo.co.jp
印刷・製本………………………中央精版印刷株式会社